그림 속에 너를 숨겨놓았다

그림 속에
너를 숨겨놓았다

김미경 글·그림

서촌 옥상화가 김미경의 내 소중한 것들에 대하여

한겨레출판

그림 농사꾼의 5년 그림 작황 보고서

옥상에서, 길거리에서, 하루 종일 그림 그리며 살기 시작한 지 올해로 5년째다. '딱 일 년만 이라도 그리고 싶은 그림 실컷 그리며 살면 좋겠다'는 마음에서 시작했다. '그림이 안 팔려도 좋다. 죽기 전에 마음이 시키는 그림을 마음대로 그리며 살아보고 싶다.' 그렇게 무모한 도전은 시작됐다. 말리는 사람도, 걱정하는 사람도 많았다.

살아보니 살아졌다. 그림 판 돈으로 넉넉하지는 않지만 그럭저럭 산다. 무엇보다 새 삶이 너무 좋아서 예전에 비해 경제적으로 어려워졌지만 불편하지 않다. 인왕산, 북악산, 나무, 진달래, 새, 기와집, 골목길… 통 말이 없고, 천천히 변하는 공통점이 있는 새로 만난 친구들 덕분에 새로운 삶을 배우고 즐기는 중이다. 아무 말 하지 않고 하루 종일 인왕산을 바라보며 소통하는 법, 천천히 햇볕과 바람과 별과 구름이 옷 갈아입는 걸 관찰하는 법, 내가 진짜 원하는 것이 무엇인가를 알아차리는 법, 안절부절하지 않고 기다리는 법, 내 욕망과 감성을 회복하는 법, 그리고 내 욕망의 소리, 감성의 소리를 알아차려 표현하는 법을 걸음마 배우듯 하나씩하나씩 배우고 있다.

그림 그리는 일은 감정에 더 솔직해져야 잘할 수 있다. 누구에게 시킬 수도 없고, 내 몸을 고스란히 움직여야만 잘할 수 있다. 대량생산 시대에 하는 원시적인 손 농사일 같다. 그림 농사꾼으로 그림 농사지으며, 천천히 살아가는 하루하루다. '그림 농사꾼'으로 살아온 5년의 쏠쏠한 재미를 기록했다. 2017년 〈한겨레〉에 '김미경의 그림나무'라는 제목으로 8개월간 연재했던 글과 SNS에 올렸던 그림 이야기들을 모아 다시 썼다. '나는 무엇으로 그리는가?'라는 질문을 던지고 찾은 '그리움', '마음', '역사', '몸' 등의 답에 맞춰 챕터를 나눠 보았다. 앞으로 또 어떤 그림 농사를 지을지 궁리 중이다. 막막하긴 하지만, 농사일이 조금은 몸에 익어 걱정을 살짝 덜었다.

2018년 늦가을
서촌 수성계곡 아래서 김미경

차례

2부

그림 속에 너를 숨겨놓았다

4부

소질은 혼자 자라지 않는다

1부  나는 옥상화가가 되어갔다

〈좋아서〉
2017년, 펜, 72.7×116.8cm

인생이 5년 남았다면?

2013년 봄부터였던 것 같다. 시간만 나면 '하루 종일 그림만 그리며 살면 얼마나 좋을까' 이 생각만 하고 있는 자신을 발견했다. 언론, 사회단체에서 27년간 월급쟁이로 살아왔기에 월급 없는 생활은 상상하기조차 힘들었다. 낭떠러지에서 몸을 던지는 두려움으로까지 다가왔다. 그래도 그림만 그리며 살고 싶은 꿈은 자꾸자꾸 커져갔다.

밤마다 써둔 사직서를 읽고 또 읽으면서 이게 일시적인 현실도피인지 인생의 결단인지 헷갈려 여러 방면으로 점검했다. 그중 하나가 '나에게 인생이 ○○만 남았다면?'이라는 질문을 던지고 답을 써보는 것이었다. '나에게 인생이 단 하루 남았다면?' '나에게 인생이 한 달 남았다면?'

'나에게 인생이 일 년 남았다면?'

"당장 회사를 그만두고 그림을 그리기 시작한다. 집을 팔아 생활비를 마련해둔다. 하루 종일 그림을 그리며 남은 생을 살 생각을 한다. 전시회를 준비한다. 죽기 전 전시회를 세 번은 연다는 목표로 열심히 그린다. 일 년에 절반은 딸 옆에 가서 그림을 그리며 산다. 일 년은 세계 여행을 다니며 산다. 딸, 남길 돈이 없어서 미안! 5년 남았다면 열심히 그리고, 세계 여행 다니고, 딸 옆에 사는 거. 그것 말고 더 욕심내고 싶지 않다. 그렇게 살다 가고 싶다."

'나에게 인생이 5년 남았다면?'이라는 질문에 썼던 답이다. '나에게 인생이 ○○ 남았다면?' 질문 10개 정도를 퍼붓고 답을 쓰는 과정에서 뚜렷해지는 게 있었다. '나는 직장을 그만두고 그림 그리며 살고 싶다'는 사실이다.

사표를 내고 그림 그리는 일에 뛰어든 지 5년째. 5년 전에 썼던 답과 꽤 비슷하게 살았다. 그림 그리며 먹고 살고 있고, 전시회도 원했던 대로 세 번 열었다. 집도 팔았다. 5년 전 그림을 그려 돈을 벌 수 있으리라고는 꿈도 꾸지 못했는데, 돈을 벌며 산다. 물론 세계 여행은 마음대로 못 다니고, 딸 옆에서 살지 못하는 아쉬움은 있지만.

*
나에게 인생이 5년 남았다면,
지난 5년 살았던 것처럼 살고 싶다.

〈겨울 옥상〉
2018년, 펜, 31×23cm

다시 나 자신에게 질문을 던져본다. 내게 인생이 5년 남았다면?

"지난 5년처럼 살고 싶다. 매일매일 그림 그리고, 그 그림을 팔고, 그림 그리며 만나는 새 친구들과 함께 새로운 세상 속으로 쑥쑥 들어가며 살고 싶다. 세계 여행을 더 다니고 싶고, 딸 옆에서 좀 더 오래 머물고 싶다."

뉴욕의 무자비함

　　"미술대학을 나오지도 않고, 미술 교육을 체계적으로 받은 적도 없으면서 어떻게 화가가
되었느냐?"는 질문을 받을 때마다 하는 대답이 있다. '뉴욕 생활이 나를 화가로 만들었다'는 것
이다. 이 대답이 떨어지면 대부분의 사람은 금방 "뉴욕에서 미술을 배웠군요!" "음… 역시! 뉴욕
뮤지엄, 갤러리에서 좋은 그림들을 많이 본 덕이군요!" "서당개 삼 년이면 풍월을 읊는다고 뉴욕
화가들을 많이 보다 보니 화가가 되셨군요!" 한다.

　　맞는 말이기도 하다. 뉴욕에는 화가들이 넘쳐났고, 직장 옆에는 뮤지엄과 갤러리가 즐비했
다. 구멍가게 드나들 듯 뉴욕 뮤지엄과 갤러리들을 드나들며, 수도 없이 많은 그림을 보고 즐겼던

게 중요한 역할을 했다. 그런데 내가 화가가 되는 데 뉴욕이 기여한 건 그런 것들이 아니었다.

"다양하게 느끼고 하고 싶은 이야기가 많은 사람인데, 뉴욕에서 영어로 그 이야기들을 충분히 표현하고 소통할 수 없으니까 답답함이 가슴에 쌓였던 게 아닐까요? 언어로 표현할 수 없으니까 새로운 표현 방법을 찾기 시작한 것일 수도 있고요. 그 방법이 그림이 된 거죠."

친구인 미국인 심리상담 전문가의 분석이었다. 미국에서 영어로 서툴게 더듬더듬 이야기하던 내 옛 모습을 기억하는 친구의 분석인지라 더 그럴듯했다. 45년을 한국어로 소통하며 한국 땅에서 살다가 미국 땅에서 영어로 소통하며 살아간다는 일은 생각보다 많이 힘들었다. 영어를 웬만큼 잘한다고 생각했지만 내가 속한 사회의 언어가 밑바닥까지 이해되지 않는 답답함, 내가 느끼는 감정을 솔직하게 표현할 수 없는 답답함, 더 섬세하고 오묘한 감정을 제대로 이야기할 수 없는 답답함, 깊은 자아가 만난다는 충만한 느낌의 소통이 안 되는 데서 오는 답답함, 답답함, 답답함, 답답함. 거기에 고향에 대한 그리움과 슬픔이 범벅이 되어 답답함은 극에 달했다. 그 쌓였던 답답함이 한국이라는 땅에 돌아오면서 폭발해버린 것이 내 그림이라는 분석이다.

또 하나. 뉴욕은 억눌려왔던 내 속의 자아를 익명의 도시라는 공간에서 되돌아보게 해준 곳이기도 했다. 어릴 적 나는 여리고, 소심하고, 말없는 아이였다. 처음 보는 사람들은 "혹시 벙어리예요?" 하고 엄마에게 살짝 물어볼 정도였다. 혼자 조용히 책 읽고, 인형 옷 만들고, 그림 그리는 걸 좋아하던 아이. 손님이 오면 인사하는 게 두려워 이 방 저 방으로 숨던 아이. 그게 내 개인적인 자아의 모습이었다. 대학 시절을 거쳐 여성학을 공부하고 신문기자가 되면서 사회 변화를 위해 온몸을 던져 일하는 '씩씩한' 사회적인 자아가 자리 잡았다. '수줍은' 개인적인 자아는 깊숙이 숨겨졌다. 2005년부터 2012년까지 7년간의 뉴욕 생활은 이런 나를 한바탕 뒤집어엎었다. 내 '당당한' 사회적인 자아를 알아주지도, 요구하지도 않는 뉴욕. 뉴욕 사회에서 명확한 사회적인 역할이 없는 내 모습을 직면하면서 '내가 진정으로 원하는 것이 무엇인지?' '내가 진짜 잘하는 것이 무엇인지?' '나는 누구인지?'에 눈 돌리기 시작했다. 사회적인 자아에 억눌려 자랄 생각도 않고 내팽개쳤던 개인적인 자아가 쑤욱 자라 올라오는 새로운 경험을 한 것이다. 그게 그림이라는 모습을 하고 나타날 줄은 당시엔 생각도 못했다.

　　마흔다섯 나이에 뉴욕에 가지 않았다면, 그동안 쌓아온 '사회적인 자아'가 한순간에 사라지는 경험을 하지 않았다면, 쉰여덟 나이에 나는 전혀 다른 모습으로 살고 있었을 게다. 뉴욕은

*

뉴욕은 나를 화가로 단련시킨 일등 공신이다.

〈뉴욕 맨해튼 이스트빌리지 3〉
2016년, 펜, 10×25cm

분명 나를 화가로 단련시켰다. 그 방법이 고급지고 친절한 미술대학 수업의 모습은 아니었다. 수업의 90퍼센트는, 낯선 언어로 나 자신을 자유롭게 표현할 수 없는 처참한 처지로 내동댕이치고, 뚜렷한 사회적 역할이 없어 내 자아라도 챙겨 살아보자고 발버둥치도록 내몬 뉴욕의 무자비함이었다.

나는 매일매일 옥상에 오른다

나는 '옥상화가'다. 동네 건물 옥상에 올라 그림을 그리면서 얻은 별명이다. 벌써 5년째 서촌의 이 옥상, 저 옥상 동냥하듯 다니며 그리고 있다.

옥상에서 그리기 시작한 이유는 단순했다. 옥상 풍경이 신기하고, 재미나고, 매혹적이어서였다. 옥상에서는 땅에서는 상상할 수 없었던 전혀 다른 구도의 풍광이 펼쳐진다. 처음 옥상 풍광에 매혹된 건 뉴욕에서였다. 옥상에 야외 갤러리를 뒀던 뉴욕 메트로폴리탄 뮤지엄. 설치 작품들은 하늘과 센트럴파크와 맨해튼 건물과 어울려 닫힌 갤러리에서는 예측할 수 없는 황홀한 구도를 만들어냈다. 아파트 옥상에서 자주 열린 미국 친구들과의 파티는 옆 건물 옥상들과 하늘과 바람과 어울려 신비스런 분위기를 연출해내곤 했다. 옥상은 뉴욕에서 발견한 '뜻밖의' 매력적인 공간이었다. 7년 만에 돌아온 한국에서 처음 동네 옥상에 올라간 날. 인왕산과 그 아래 펼쳐진 기와집과 적산가옥과 현대식 빌라가 어울려 연출해낸 옥상 풍광은 맨해튼보다 훨씬 강렬했다. 그날 이후 나는 매일매일 옥상에 오른다. 옥상 풍경과 깊은 사랑에 빠지면서 옥상화가가 되어갔다.

　　스스로에게 물어본다. '옥상 풍경이 왜 그렇게 좋은 거지?' 옥상에서는 전체 구도가 확연하게 보여 좋다. 동네가 산과 어떻게 맞물려 있는지, 어디서부터 길이 시작되는지가 한눈에 보인다. 동서남북을 잘 구분하지 못하는 내게 나를 둘러싼 세상이 어떻게 구성되어 있는지, 내가 자리한 곳이 어디인지를 객관화시켜 보게 해줘서 좋다. 건물의 뒷면, 측면, 땅에서는 절대 볼 수 없는 윗면까지 입체적으로 보여서 좋다. 그 새로운 면이 겹치고 풀리고 만나면서 만들어내는, 예측할 수 없는 선과 면, 구도가 멋지다. 인왕산과 건물과 골목이 만들어내는 새로운 선과 구도를 찾아낼 때마다 새로운 진실을 발견하는 기분이다. 인왕산, 북악산, 경복궁을 배경으로 한 역사 공간인 서촌은 그 선들만으로 고대, 근대, 현대를 아우르는 이야기를 담아낼 수 있다는 매력까지 더해져 있다. 옥상의 매력 중 또 하나는 고독해질 수 있다는 게다. 옥상에선 혼자다. 혼자서 옥상에서 보이는 산과 건물과, 바람과, 나무와 일대일로 마주한다. 의연해지는 기분이다.

이런 옥상의 매력은 고스란히 옥상의 단점이 되기도 한다. 동네는 옥상에서 잘 보이지만, 정작 사람이 안 보인다. 지난 5년여 동안 그린 쉰 장의 〈서촌옥상도〉에 단 한 명의 사람도 그려 넣지 못했다. 혼자 옥상에 앉아 하루 종일 그리다 보면 잘 보이지 않는 사람에 대해 무관심해진다. 전체 구도를 보다 보니 작은 것들이 사소하고 하찮아 보이기도 한다. 초탈한 듯, 세상사와 상관없는 듯 이대로 속세를 떠나고 싶다는 생각도 가끔씩 한다. 동네 골목에 나앉아 그릴 때는 잘 보이는 꽃과 작은 풀도 옥상에서 보이지 않는다.

문득 옥상에 오르는 진짜 이유에 대해 다시 생각해본다. 역설적으로 저 산자락 아래 그 골목에 사는 사람을, 인생을, 더 잘 이해하기 위해서가 아니었을까? 세상과 인연을 끊고 더 크게, 더 높이, 더 멀리에서, 전체를 보고, 그리고, 즐기기 위해서만은 아니었을 게다. 옥상에서 우리 동네를 훤히 보고 싶었던 갈망도, 전체 구도 속에서 내가 자리한 곳이 어디인지를 알고 싶었던 욕구도, 결국 나를 둘러싼 사람살이를 더 잘 이해하고, 더 깊숙이 사랑하고 싶어서가 아니었을까?

*

'나는 왜 옥상에서 그리는가?'에 대한
정답은 모르겠다.
계속 해답을 찾아나가는 중이다.

〈옥인동, 가을 끝 무렵〉
2016년, 펜, 72×53cm

〈옥상 그림자 놀이〉
2017년, 펜, 53×33㎝

〈장독대가 보이는 풍경〉
2016년, 펜, 53×33cm

〈서촌, 여름 한복판〉
2016년, 펜, 53×33cm

이런 고민 때문일까? 요즘 〈서촌옥상도〉 속에 사람 냄새가 조금씩 들어가기 시작했다. 아직은 사람을 그리기보다는 사람의 흔적이 담긴 것들을 그린다. 옥상 위 화분에서 싹틔운 상추와 고추, 운동기구 등을 하나씩 둘씩 그려 넣기 시작했다. 빨래 널러 나온 사람, 아내 몰래, 남편 몰래 담배 피러 옥상에 올라온 사람, 건물 공사하러 올라온 사람, 상추 물 주러 올라온 사람, 사람, 사람, 사람. 옥상에서 보이는 사람들도 유심히 관찰한다. 언젠가 그들이 〈서촌옥상도〉 속에 모습을 나타낼 때쯤 인생살이에 대한 이해가 좀 더 깊어져 있겠지. 〈서촌옥상도〉는 더 재미있어져 있겠지.

'그윽한 바라봄'이 준 행복

　4월이면 인왕산에 올라 하염없이 진달래를 바라본다. 3년 전 진달래 화전 부치러 갔다가 꺾어온 진달래 가지를 유심히 바라본 게 시작이었다.

　처음에는 진달래의 여린 꽃잎만 보였다. 금방이라도 찢어질 듯 얇디얇은 꽃잎. 긴긴 속눈썹 같은 꽃술. 꽃잎 안쪽에 깊숙이 새겨진 자줏빛 반점들. 상처받기 쉬운 영혼 같은 모습. 한참 후엔 강한 줄기가 보이기 시작했다. 마디마디 살짝살짝 꺾이고 휘감겨 넘어가는 가지. 회초리 같기도 했다. 동네 골목길에선 진달래를 찾을 수 없다는 것도 알았다. 산 속에 꽁꽁 숨어서만 피는 진달래. 바위 틈새를 헤집고 피어나길 좋아하는 진달래. 강인하게 뿌리를 내리는 진달래. 꽃이 다

*

2015년 4월.
처음 진달래를 바라보기 시작했을 땐
여리고 투명한 꽃잎만 보였다.
2016년, 2017년, 2018년 매년 4월마다
진달래를 보다 보니 줄기, 뿌리, 잎, 뒷모습,
그리고 진달래의 마음도 보이기 시작했다.

〈인왕산 진달래 1〉
2016년, 펜과 수채, 33.5×24.5cm

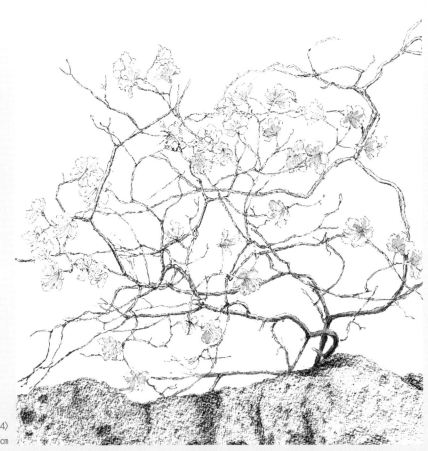

〈인왕산 진달래 4〉
2016년, 펜과 수채, 33.5×24.5cm

〈인왕산 진달래 5〉
2016년, 펜과 수채, 33.5×24.5㎝

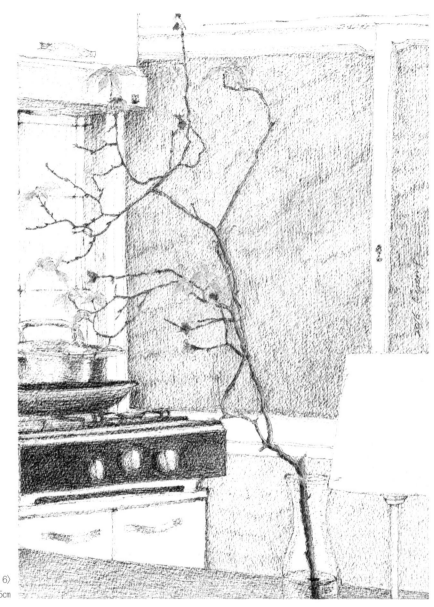

〈인왕산 진달래 6〉
2016년, 펜과 수채, 33.5×24.5cm

진 후 푸른 잎만 달고 있는 진달래도 그려봤다. '너도 진달래가 맞지?' 인왕산 올라가는 길 바위 틈에 당당하게 서 있는 진달래에게는 내 이름도 붙여줬다. 매년 봄마다 그려볼 참이다. "진달래야, 너는 몇 살까지 사니?" "10년 후에도 널 그릴 수 있을까?" 지나칠 때마다 말을 걸어본다.

그림의 시작은 '바라봄'이 아닐까? 우리는 매일 눈을 똑바로 뜨고 열심히 수많은 것을 바라보며 살지만 정작 잘 보지 못한다. 너무 바빠서, 한가롭게 앉아 무엇인가를, 누군가를, 찬찬히 관찰할 시간이 없다고 생각한다. 아니 이미 너무 많은 것을 다 알고 있어서 새롭게 관찰할 필요가 없다고도 느낀다.

28년 전 회사 그림 동아리에서 그림 연습할 때였다. 일주일에 딱 하루, 점심시간마다 회사 근처 중국집에 모여 서로의 얼굴을 뚫어지게 쳐다보며 그렸다. 어느 날 내 그림을 보던 그림 쌤(당시 〈한겨레〉 만평을 그리던 박재동 화백)이 말했다.

"미경아, 저 눈동자를 자세히 들여다봐봐. 동그랗지 않잖아? 눈꺼풀에 덮여 살짝 반달 모양이고. 그래, 그래, 좀 더 자세히 관찰해봐봐."

다시 들여다보니 정말 동그랗지 않았다. 위 눈꺼풀과 눈 아래 살점 부분에 덮여 눈동자는 찌그러진 직사각형 모양이었다. 그동안 그린 그림들을 꺼내 살펴봤더니 내 그림 속 눈동자는 모두 '놀란 토끼'처럼 동그랗게만 그려져 있었다. 열심히 보면서 그린다고 생각했는데, '눈동자는 까맣고 동그랗다'는 고정관념을 그리고 있었다는 걸 그날 처음 발견했다. 그 후 주변 사물들을 뚫어지게 관찰하는 습관이 생겼다. 피곤한 모습으로만 기억되던 동료의 긴 속눈썹, 감지 않아 냄새나는 머리칼 뒤에 숨겨졌던 잘생긴 귀, 비뚤비뚤 솟아난 덧니가 만들어내는 명암 등을 발견해 그려낼 때마다 조금씩 친구와 더 닮아가는 게 재미있고 신기했다.

그보다 더 좋았던 건, 그 '그윽한 바라봄'이 가져다주는 또 다른 차원의 행복이었다. 바쁜 일상을 멈추고 동료의 속눈썹과 콧구멍과 뒷목선과 귓불을 유심히 바라보는 그 짧은 1시간 동안 나는 그 친구가 옆 책상에 앉아 있는 직장인이기 이전에 한 인간으로서 겪어내는 쓸쓸함도, 등 뒤에 짊어진 삶의 무게도 느껴보는 색다른 경험을 하곤 했다.

바쁜 일상에서 갑자기 시간을 뚝 떼어내 어떤 사물을 그윽하게 바라보는 일. 그것이 동네 풍광이어도, 구멍가게 아줌마의 얼굴이어도, 매일 끼고 다니는 휴대폰이어도 좋다. 바라봄은 익숙함을 낯섦으로, 뻔한 이야기를 동화로 만들어낸다. 배가 고플 때, 지치고 힘들 때, 나는 무작정

그림 속에
너를
숨겨놓았다

길을 나섰다. 맘 편한 장소를 찾아 앉아 끝없이 바라본다. 하늘, 인왕산, 나무, 새, 골목길, 기와집, 전봇대, 자동차, 신호등, 빵집 간판, 그리고 진달래. 바라보는 것 중 내가 소유할 수 있는 것은 단 하나도 없다. 하지만 바라봄이 만들어내는 새로움, 따뜻함, 풍성함, 아름다움, 여유로움, 다양함이 내 배를 한껏 불려준다.

'승질'의 재발견

　　6년 전 '서울 드로잉' 수업에 스케치북을 들고 따라 나섰을 때, 나는 내가 어떤 선으로 뭘 그려낼지 전혀 알 수 없었다. 일반인을 대상으로 했던 그림 수업은 토요일마다 서울의 여러 동네를 찾아가 수채 물감으로 동네 풍경을 그렸다. 첫 수업 날 철거 직전의 아현동 산동네에 들어갔다. 허물어진 벽, 나무판자로 얼기설기 막아놓은 어설픈 대문 등을 펜으로 그리는데, 재미났다. 처음엔 밑그림을 간단히 스케치한 후 수채화 작업을 할 요량이었다. 하지만 펜으로 점을 꽁꽁 찍어가며 한 뭉텅이씩 떨어져 나간 시멘트벽을 입체적으로 묘사하는 일도, 땅바닥에 뒹구는 돌멩이 그리는 일도 너무 재미났다.

*

후벼 파듯 한 땀 한 땀 그린 그림들.
그려진 그림들을 보면서
새로운 나를 발견해간다.

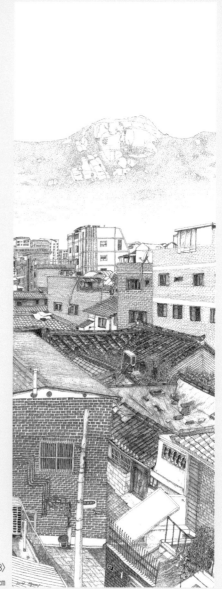

〈서촌옥상도 3〉
2014년, 펜, 84×29.4cm

〈서촌옥상도 6〉
2014년, 펜, 84×29.4cm

〈서촌옥상도 7〉
2014년, 펜, 84×29.4cm

〈서촌옥상도 8〉
2014년, 펜, 84×29.4cm

다음 수업 시간에는 비가 와서 카페에서 그렸다. 한옥을 변형해 만든 카페 천장과 창밖으로 보이는 옆집 기와지붕까지 내 눈에 보이는 풍경을 펜으로 샅샅이 그려냈다. 그다음 그림도, 또 그다음 그림도, 나는 후벼 파듯 세밀하게 그리는 재미에 푹푹 빠져 들어갔다.

깜짝 놀랐다. 내가 백 시간씩 앉아 펜으로 그림을 그려낼 줄은 꿈에도 상상하지 못했다. 다음엔 전혀 다른 톤으로, 전혀 다른 선으로 그려봐야지!' 하고 마음먹어도, 또 다시 그런 그림을 그리고 있는 자신을 발견했다. 백 장 정도 비슷한 그림을 그리고 나서야 중얼거렸다. "아! 내 속에 이런 선이 그렇게 힘들게 엉켜 있었구나!" "내가 바로 이런 사람이었구나!"

전시회에 와서 내 그림을 본 옛 친구들이 의아해 하며 물었다.

"네가 이렇게 섬세한 사람이었니? 몰랐네. 깜짝 놀랐네." "그동안 이걸 어떻게 숨기고 살았니? 아이고, 욕봤다."

내가 쏟아낸 선들이 놀랍고 창피했다. 뭐랄까 그동안 감추어왔던, 거부해왔던, 아니 나 자신도 잘 몰랐던 내 속의 '까탈스러움'이 들켜버린 기분이랄까? 평소 주위 사람들을 천에 견주어 가늠해보곤 한다. 늘 사람들을 배려하는 사람에게서는 곱게 짠 부드러운 면의 느낌이 난다.

시원시원해서 좋지만 너무 무심한 사람에게서는 삼베의 질감이 느껴진다. 깊이 있고 융통성 있는 사람은 꼭 질 좋은 울 같다. 섬세하고 민감한 사람은 살짝 손끝만 잘못 스쳐도 보푸라기가 올라올 듯싶은, 까칠한 비단 같은 느낌으로 다가온다. 나는 스스로를 '부드러운 면'처럼 무난한 사람이려니 하며 살았다. 그런데 내가 그려내는 그림을 보면서 뒤늦게 나는 또 다른 나를 알아차린다. 비단 같이 까칠한 사람. '털털함' 속에 오랫동안 꽁꽁 숨기고 살아왔던 내 '까칠함'에 대한 재발견이다.

　　내 속의 '촌스러움'도 들켜버렸다. 언젠가 내가 그림을 그린다면 여느 현대미술의 대가들처럼 세련되고, 실험적이고, 파격적인 선을 뽑아낼 줄 알았다. 선뿐 아니라 파스텔 톤의 세련된 색상을 멋스럽게 매치해낼 거라고 막연하게 기대했다. 그런데 내가 쏟아내는 그림은 촌스러움 그 자체였다. 그리는 대상도, 구도도 한마디로 촌스럽다. 그래서인지 내 그림을 보는 사람들은 자꾸 '정겹고, 따뜻하다'고 말한다. 나는 속으로 '아~, 나는 세련되고 이지적인 '차도녀'인데, 왜 자꾸 정겹고 따뜻하다는 거지? 촌스럽게?' 하고 되묻는다. 세련된 도시 여자처럼 보이고 싶어 꾹꾹 눌러뒀던 내 속 '촌스러움'과 '따뜻함과 정겨움'이 그림으로 삐져나오는 게 분명하다.

힘차게 쭉쭉 긋지 못하고 덜덜덜 떨며 그어대는 내 선도, 겉으로는 여장부처럼 시원시원해 보이지만 속으로는 늘 자신 없어 덜덜덜 떨고 있는 내 속 모습 같다.

이제 누군가에게 이야기해주고 싶다. "네 성질이 뭔지 잘 모르겠다고? 그리고 싶은 그림을 천 일쯤 실컷 그려봐. 그럼 네 성질이 뭔지 조금은 알게 될 거야."

'승질'의 재발견!

전시장에서 내 그림을 한참 찬찬히 구경하고 나오던 한 친구가 일갈했다.

"미경아, 이렇게 후벼 파고 있는 걸 보니 너 승질 쫌 많이 더.러.운. 애였구나. 이제 알았다. 하하하."

왼손의 자유로움

맨날 가느다란 펜으로 후벼 파듯 그리다 오른손과 팔에 탈이 났다. 벌써 세 번째다. 한참 늦은 오십이 넘어 시작한 그림이니 무조건 열심히 그리자 싶었다. 회사를 그만두고는 하루 10시간 이상씩 그렸다. '회사에서 매일 10시간 넘게 일했는데 좋아하는 그림 하루 종일 그리는 게 대수야?' 하는 맘이었다. 일 년쯤 지났을까? 아침에 일어났는데 너무 아파 오른손으로 펜을 들 수 없었다. 그때 떠올린 게 '왼손으로 그리기'였다. 오른손으로 그려놓은 그림을 왼손으로 베껴 그려 봤다. 삐뚤빼뚤, 울퉁불퉁, 날것의 느낌! 오른손을 못 쓰게 될 비상시를 대비해 열심히 그려봐야지 마음먹고 몇 장 그렸지만, 오른손이 낫자마자 팽개쳐버렸다.

*

왼손으로 그릴 것들을 찾아 헤매다 룸메이트가 데려온 고양이를 그려보기로 마음먹었다.
고양이는 내 왼손 작업의 좋은 모델이 되어주었다.

<왼손으로 그린 룸메이트 고양이 5>, 2017년, 펜, 15×15㎝
<왼손으로 그린 룸메이트 고양이 6>, 2017년, 펜, 15×15㎝

〈왼손으로 그린 룸메이트 고양이 7〉, 2017년, 펜, 15×15㎝
〈왼손으로 그린 룸메이트 고양이 10〉, 2017년, 펜, 15×15㎝

또 오른손이 아프고 나서야 왼손으로 그리는 게 다시 생각났다. 하루라도 글을 읽지 않으면 입에 가시가 돋는다 했던가? 오른손이 아파 그림을 그리지 못하게 되자 손에 가시가 돋을 것 같았는데, 왼손으로라도 매일매일 그릴 수 있어 좋았다. 한참을 그려도 아프지 않으니 더 좋았다. 오른손으로 그릴 때와는 전혀 다른, 문명화되지 않은 느낌의 울퉁불퉁한 선이 나오는 것도 재미있었다. 훈련되지 않은 왼손 근육이 내 속 어딘가에 숨어 있던 야성을 쑥쑥 밀어내 보여주는 것 같다고나 할까.

'왼손으로 그렸으니까'라는 면죄부를 받고 왼손 그림은 더 자유로워졌다. 똑바로 선을 긋지 않아도 된다는, 세밀하게 후벼 파듯 그려내지 않아도 된다는 해방감에 선은 신바람이 났다. 비뚤어지든 말든 튀어나가든 말든 과감하게 선을 팍팍 그어댔다. 왼손으로 그은 꿈틀거리는 선은 내 눈에도 오른손으로 그은 선들보다 더 생동감이 느껴졌다. 예측할 수 없는 자유로운 선들이 나를 더 자유롭게 해줬다. 웃기는 이야기지만, 기자 생활을 오래한 탓인지 그림을 그리면서 혼자 '사실 보도를 해야 한다'는 강박관념에 한참 시달렸었다. 있는 그대로 묘사하기 위해 전전긍긍했다. 하지만 '훈련되지 않은' 왼손 근육으로는 세밀한 표현이 불가능해 '후벼 파고 싶은' 욕심을 애

초에 접을 수밖에 없었다. 후벼 파기를 중단하자 신기하게도 물체의 굵직한 이미지와, 느낌과, 새로운 선들이 하나둘씩 보이기 시작했다. 디테일 하나하나의 완성에 집착할 때는 알 수 없었던 선 굵은 구도와 명암도 보이기 시작한 게다. 그동안 그릴 엄두를 내지 못했던 움직이는 동물도, 사람도 막 그려보고 싶어졌다. 왼손으로 그리는데 못 그려도 부끄러울 게 없잖아 싶은 맘이 새로운 소재에 도전하게 해준 셈이다.

왼손잡이는 전 세계 인구의 10퍼센트쯤 된다고 한다. 어린 시절 억압돼 성장을 멈춘 왼손잡이까지 포함하면, 그 숫자는 훨씬 많을 게다. 나도 어릴 때 왼손잡이였다. 왼손 쓰는 현장을 부모님에게 들켜 여러 번 혼나면서 글씨 쓰기, 그림 그리기는 일찌감치 오른손으로 바꿨다. 가위와 칼은 여전히 왼손을 쓰지만, 세밀한 그림을 그릴 정도는 아니다. 뒤늦게 내 왼손이 그려내는 '용감한' 선들을 보면서, '얼마나 매력적이고 아름다운 선들이 세상에 태어나지도 못한 채 죽어갔을까?' 하는 데 생각이 미쳤다. 단지 왼손에 대한 억압 때문에 말이다. 왼손에 대한 억압을 멈췄을 때 그동안 볼 수 없었던 자유롭고 매혹적인 선들이, 그동안 상상도 할 수 없었던 전혀 뜻밖의 선들이 줄을 이어 모습을 드러낼 거라는 상상도 해본다.

　　화려한 색깔의 색종이를 가위로 이리저리 잘라 오려 붙이는 앙리 마티스(1869~1954)의 독특한 작품은 나이 들고 몸이 아파 붓 들기가 힘들어진 그가 고육지책으로 생각해낸 작업이었다는 사실을 새삼 떠올렸다. 72살에 그림을 그리기 시작한 미국 국민 화가 모지스 할머니(1860~1961)도 관절염 때문에 늘 하던 바느질을 할 수 없어 처음 붓을 들었다던가? 오른손이 아파 그려본 어설픈 왼손 그림이 오히려 더 깊고 자유로운, 새로운 내 목소리를 찾아내는 계기가 될 수도 있지 않을까? 은근히 기대해본다.

현대판 문인화가

서촌 꽃 그림으로 전시회를 열었을 때였다. 나에 대해 아무런 정보도 없이 전시장을 찾았던 한 미술 평론가가 전시장을 휙 둘러보고는 일갈했다.

"문인화 느낌이네요."

"네? 그냥 꽃 그림인데요. 글자는 하나도 없는데요."

"있는 그대로의 풍경을 묘사하고 있지만 이야기가 아주 많은 느낌이에요."

"…."

문득 오래 일간지 문화부 기자로 일했던 한 선배의 이야기가 떠올랐다. 몇십 년 전 어떤 화

*

옥상에서 보는 서촌 풍경 속에는
수천, 수만 가지의 이야기들이 담겨 있다.

〈옥인동 47번지〉
2014~2017년, 펜, 72×53cm

가의 작품에 대해 기사를 쓰면서 '문인화적인 화풍이 엿보인다'는 표현을 썼다가, 그 화가로부터 강력한 항의를 받은 적이 있었단다. 자신은 '생각이 깊은' '뭔가 스토리가 있는' 그림이라는 '긍정적인' 뜻으로 썼는데, 그 화가는 자신의 그림 수준이 여느 화가들에 비해 떨어진다는 '부정적인' 뜻으로만 해석해 분노했다는 게다.

　　나도 좋아해야 할지, 싫어해야 할지 살짝 망설여졌다. 글 쓰는 일로 30년 가까이 밥 벌어먹으며 살아왔던 나의 그림에는 이야기가 자연스레 묻어났을 수 있다. '보는 사람이 알아보든 말든 내가 그리고 싶은 것을 그린다'는 태도보다는 '소통하고 싶은' 기자로서의 본능이 엿보였을 법도 하다. 실제로 나는 옥상뿐 아니라 뒷골목, 인왕산, 가게 앞 등 현장에 서서 그리기를 좋아하고, 기사 마감하듯 매일매일 나가 그리기를 좋아하고, 역사 기록식의 그림 그리기를 좋아한다. 기획 기사거리 찾듯 그림 주제를 부지런히 취재하며 찾아다닌다. 기자로 살아왔던 시간들이 내 그림의 형식과 내용에 녹아 있는, '현대판 문인화가'인 셈이다. 그림 수준이 좀 떨어진다는 뜻이었든 말든, 문인화 느낌이라는 말을 기분 좋게 받아들이기로 했다. 고소하거나, 짭짤하거나, 매혹적인 이야기가 솔솔 흘러나오는 그림을 그려내는, 그런 '현대판 문인화가'이고 싶다.

2부  그림 속에 너를 숨겨놓았다

〈서촌, 그리움〉
2016년, 펜, 28×110cm

그림 속에 너를 숨겨놓았다

"선배 왜 그림을 그려요?"

한 후배가 불쑥 물었다. "선배 왜 살아요?" 하는 질문을 받은 것처럼 갑자기 머릿속이 하얘졌다. 쉽게 답이 떠오르지 않는다.

몇 년 전 딸이 다니던 대학에 놀러가 일주일 정도 머문 적이 있었다. 딸이 수업을 듣고 친구들을 만나는 동안 나는 딸이 자주 찾는 도서관 앞에 앉아 크게 자란 나무들과 건물을 정성껏 그렸다. 그 그림을 볼 때마다 사람들은 묻는다. "아이고~ 어떻게 그 복잡한 나무와 도서관의 벽돌을 하나하나 다 그렸어요?" "지루하지도 않아요?" 그럴 때마다 속으로 혼자 대답했다. '딸이 좋

아서요!'

친한 선배의 기와집이 살짝 보이는 그림이 있다. 동네 풍경을 처음 그리기 시작했을 때 그린 건데, 구도가 좋아서이기도 했지만 '본격적인 화가로 입문하는 첫 그림 격'인 그림에 선배의 집을 숨겨 그려 넣고 싶었다. 선배 집 기와지붕은 풍광 속에서 아주 작게 그려졌지만, 뭔가 내 사랑을 몰래 심어둔 기분이었다. 동네 한 모자 집 간판에 '나는 아직도 너를 내 시 속에 숨겨놓았다(I still hide you in my poetry)'라는 문구가 붙어 있었다. 지나갈 때마다 '나는 아직도 너를 내 그림 속에 숨겨놓았다'로, 바꿔 큰소리 내어 읽어본다.

짝사랑하는 사람과 처음 만났던 장소, 함께 술 마시던 장소를 그림 한 귀퉁이에 꽁꽁 숨겨놓기도 한다. 영화 〈화양연화〉 속에서 앙코르와트를 찾은 차우(양조위 분)가 벽에 뚫린 구멍에 대고 무언가를 속삭이듯 말이다. 좋아하는 마음을, 열정을, 그림 어딘가에 꽁꽁 숨겨놓는 재미가 솔찬하다.

처음 그림을 그리기 시작할 때부터의 기억을 더듬다가 무릎을 탁 쳤다. 그렇구나! 좋아하는 사람이, 좋아하는 사람과의 기억이, 추억이, 나를 그리게 하는구나! 좋아하는 사물들이, 좋아

〈전봇대가 보이는 서촌 풍경〉
2016년, 펜, 24.5×67cm

*
"나도 잘 그리고 싶어요!" 하는 사람들에게
이야기하곤 한다. "좋아하는 거,
좋아하는 아주 사소한 것들부터 그려보세요!"라고.
좋아하는 사람, 좋아하는 풍경, 좋아하는 세상을
곳곳에 꽁꽁 숨겨 그렸다.

⟨누하동 옥상 – 환경운동연합⟩
2016년, 펜, 53×33cm

〈서촌옥상도 19〉
2016년, 펜, 53×33cm

하는 사람들이 나를 그리게 하고, 그리다 보면 점점 더 좋아지기도 하는구나!

오랫동안 나는 내가 무엇을 좋아하는 사람인지 잘 몰랐다. 아주 어릴 땐 "무슨 색깔을 좋아하니?" "어떤 꽃이 좋아?" 하는 질문에도 크게 당황했다. 초록색도 좋고, 보라색도 좋고, 주황색도 좋고, 개나리도 좋고, 민들레도 좋고, 봉숭아도 좋은데 어떻게 하나를 꼭 집어 선택할 수 있지? 나는 도대체 무슨 꽃을 좋아하는 사람이지? '어떤 꽃, 어떤 색깔을 좋아하는 사람은 어떤 성격의 사람'이라는 글을 읽으면 더 얼굴이 빨개졌다. 좀 더 자라면서는 내가 좋아하는 것들이 사회에서 규정되고 억압된 것이라는 사실이 화가 났다. 무엇보다 내가 좋아하는 듯싶었던 것들이 시간이 지나면서 퇴색하고 변한다는 것도 무서웠다. 직장 생활하고, 애 낳아 기르고, 눈코 뜰 새 없이 바빠지면서는 내가 진짜 좋아하는 것이 무엇인지를 곰곰이 생각하는 일조차 잊어버렸다.

그림을 그리면서 나는 내가 뭘 좋아하는 사람인지 뒤늦게 하나씩 깨달아가기 시작했다. 내가 어떤 그림을 그리게 될지 전혀 상상하거나 예측하지 못한 채 닥치는 대로 그리고 싶은 것들을 그리기 시작했는데, 내가 그려놓은 그림을 들여다보다가 내가 좋아하는 것들이 무엇인지 보이기 시작했다. 그냥 눈에 보이는 것을 그려내는 것 같지만, 사방팔방 펼쳐진 세상에서 어떤 부분을 떼어내 그릴지는 어마어마한 선택이다. 물론 한두 시간 후딱 하고 마는 스케치 때는 다르다. 이것저것 눈에 보이는 것을 마구 그릴 수 있다. 하지만 거의 백 시간 이상을 작심하고 그려야 하는 그림의 경우, 좋아하지 않는 것을 선택해 그리긴 거의 불가능하다. 무엇인가를 애써 그린다는 것은 그 대상을 눈물 나게 좋아하고 사랑하는 것이란 걸, 그리면서 깨닫는다.

좋아하니까 그리고, 그리면서 더 좋아진다.

내 외로움을 견뎌서 네 외로움을 여의는 일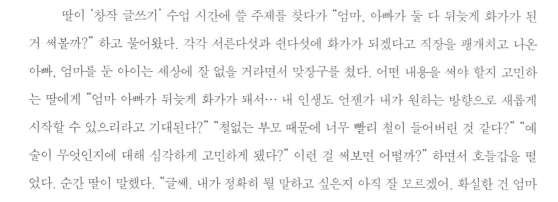

　　딸이 '창작 글쓰기' 수업 시간에 쓸 주제를 찾다가 "엄마, 아빠가 둘 다 뒤늦게 화가가 된 거 써볼까?" 하고 물어왔다. 각각 서른다섯과 쉰다섯에 화가가 되겠다고 직장을 팽개치고 나온 아빠, 엄마를 둔 아이는 세상에 잘 없을 거라면서 맞장구를 쳤다. 어떤 내용을 써야 할지 고민하는 딸에게 "엄마 아빠가 뒤늦게 화가가 돼서… 내 인생도 언젠가 내가 원하는 방향으로 새롭게 시작할 수 있으리라고 기대된다?" "철없는 부모 때문에 너무 빨리 철이 들어버린 것 같다?" "예술이 무엇인지에 대해 심각하게 고민하게 됐다?" 이런 걸 써보면 어떨까?" 하면서 호들갑을 떨었다. 순간 딸이 말했다. "글쎄. 내가 정확히 뭘 말하고 싶은지 아직 잘 모르겠어. 확실한 건 엄마 아빠가 예술가여서 내가 외로웠던 거. 그건 분명한 거 같애." 헉! 내가 화가가 되겠다고 야단법석일 때 딸이 외로웠던 거. 그땐 잘 몰랐었다.

　　대학에 입학한 딸을 미국에 두고 한국으로 돌아왔다. 결혼 전 자취할 때도 줄곧 선배, 후배와 함께했던 터라 오롯이 혼자 살아보기는 난생 처음이었다. 남편 없이, 딸 없이 혼자 사는 삶. 솔직히 말하자면, 너무 좋았다. 그림 교실에 나갔는데 수강생은 결혼하지 않은 젊은 친구들이거나, 이혼했거나, 별거 중이거나, 결혼했지만 아이가 없는 부부가 대부분이었다. 돌보아야 할 아이가 있는 경우는 거의 없었다. 딸을 낳은 후 내게 엄마 역할은 인간으로서의 역할에 올라붙은 또 하나의 무거운 의무였다. 바쁜 기자 생활로 제대로 딸을 돌볼 수도 없었지만, 늘 마음속으로는 엄마 역할을 제대로 해야 한다는 압박감에 짓눌렸다. 미국과 한국이라는 다른 공간에서 딸과 떨어져 살게 되자 내가 엄마라는 사실을 까맣게 잊어버리기 시작했다. 엄마라는 사실을 망각하자 인간으로서의 욕망이 사정없이 치밀고 올라왔다. 직장 다닐 때는 주말 내내, 직장을 그만두고는 하루 종일 낮밤 없이 오직 그림만 생각하고, 그림만 그리며, 그림만 꿈꾸며 몇 년을 살았다.

　　내게 딸이 있다는 사실을 까마득하게 잊을 즈음 딸은 전화선 너머로 "왜 이렇게 무심하

나!"고 불평을 해왔다. 그때마다 "내가 너를 얼마나 사랑하는데 그러냐. 너도 알다시피 내 은행
계좌, 집 비밀번호, 인터넷 사이트 아이디 모두모두 너랑 관련된 것으로만 만들어져 있잖아. 그게
너를 제일 사랑한다는 증거 아니고 뭐야? 엄마가 너를 이렇게 사랑하는데 왜 그래? 나보다 너를
더 사랑하는 사람 있으면 찾아와 봐!"라고 얼버무리고는 다시 그림에만 몰입했다. 그림을 그리는
일은 '엄마'라는, '직장인'이라는 의무 더미에 묻혀 있었던 '나'를 되찾아오는 일이기도 했다.

그림 그리기는 철저히 혼자 하는 작업이다. 혼자 무엇을 그릴 것인지를 정하고, 혼자 그릴
장소를 찾아다니고, 혼자 하루 종일 그리다 보니 혼자 있는 데 익숙해진다. 천천히 한 획 한 획 긋
다 보면 시간이 쏜살처럼 지나간다. 다른 사람과 함께하는 만남이 슬슬 싫어진다. 그림을 그리지
않는 사람들과 함께하는 여행도 불편해졌다. 여행을 떠나면 맘 내키는 곳에 앉아 그리고, 머물고
싶은 곳에 한참 더 머물며 풍경을 눈에 익히고 싶은데, 일정에 맞춰 바쁘게 움직여야 하는 단체
여행이 몹시 답답해졌다.

글을 쓰다가 그림도 그리게 된 나와는 달리 그림을 그리다가 글도 쓰게 된 화가 친구를 만
났다.

*

딸을 직접 그린 그림은 별로 없지만,
여기저기 딸이 숨어 있는 그림들은 많다.
〈엄마 사랑해〉는 딸이 선물한 컵을 놓고,
혼자 저녁 먹다가 딸이 보고 싶어 울며 그린 그림이다.
딸이 다니는 대학교에 놀러가 그린 〈웨슬리안 도서관〉,
친구 만나러 가서 오지 않는 딸을 기다리며 그렸던
〈브루클린 카페〉. 그림을 볼 때마다
그때의 딸 모습이 떠오른다.

〈엄마 사랑해〉
2013년, 펜과 수채, 30×20㎝

〈웨슬리안 도서관〉
2014년, 펜, 23×30.5cm

〈브루클린 카페〉
2016년, 펜, 18×26cm

"그림에 비해 글이 훨씬 친절한 것 같아요. 글쓰기도 혼자 하긴 하지만 사람들이 알아듣도록 열심히 노력하잖아요? 그림은 보는 사람이 알아듣든지 말든지 자기가 하고 싶은 이야기를 하겠다는 식이 많은 것 같아요. 그림은… 뭐랄까 이기적인 게 아닐까 하는 생각이 들어요."

외로워서 그리기 시작했는데, 그림을 그리면서 나도 점점 더 외로워졌다. 덩달아 딸도 외로워지고, 친구들도 외로워졌다. 갑자기 벽에 붙어 있는 그림이라는 존재도 외로움을 혼자 견디는 모습으로 다가온다. 그림은 외로움의 예술이다.

물론 그림도 궁극적으로는 커뮤니케이션을 위한 것이다. 그리는 이유는 자신의 느낌을 혼자만이 아니라 다른 사람들과 함께 나누고 싶어서다. 하지만 그림은 외로움이라는 그림만의 커뮤니케이션 방법을 따로 가진 듯하다. 음악이나 춤 공연은 여러 사람이 함께 웃으며 울며 감상하는 데 반해 그림은 감상도 오롯이 혼자 한다. 그림 감상은 내 속의 외로움과 네 속의 외로움이 조용히 만나 어루만져주고, 손잡아주는 일 같기도 하다. 서로의 마음속 외로움을 알아차린 것 같은 찰랑찰랑한 느낌.

그림 그리는 일이 외로운 것은 외로운 사람들의 마음에 가닿으라고 그런 거 아닐까? 외로워 보지 않고는 외로움이 무엇인지 모르기에 말이다. 그림 그리면서 딸을 외롭게 했지만, 언젠가 내 그림이 딸의 또 다른 외로움을 크게 어루만져줄 것이라 자위해본다. 내 외로움을 견뎌서 네 외로움을 여의는 일. 그림이다. 인생이다.

그리움으로 그린 그림

누군가를 짝사랑했다. 어릴 땐 짝사랑이란 걸 몰랐다. 내가 좋아하면 상대가 대충 넘어왔었는데. 하하하, 나이 들고는 쉽지 않았다. 늘 짝사랑이다. 내가 좋으면 저쪽이 시큰둥이고, 저쪽이 좋으면 내가 시큰둥이다. 사랑의 작대기가 통 이어지질 않는다.

죽을 것 같이 그립고, 보고 싶은 맘도 시간이 지나면 자연스럽게 사라지고, '내가 왜 그렇게 그저 그런 사람을 죽자 사자 좋아했던고?' 하며 허허 웃게 된다는 걸 다 알아버렸으면서도 또다시 사랑하고 그리워한다. 그림을 그리고 나서는 그리움이라는 감정에 휩싸일 때 훨씬 그림이 잘 그려진다는 걸 발견해 억지로라도 그 감정을 계속 붙들어 매어두고 싶어졌다.

*

'그리움을 표현해야지!' 한 건 아닌데,
그리운 맘으로 그리다 보니
그림 속에 그리움이 가득 찼다.
이 그림을 볼 때마다
그때의 그리움이 다시 차오르곤 한다.

〈효자동, 그리움〉
2016년, 펜, 33.5×24.5cm

　　'효자동, 그리움'. 카페 창문을 활짝 열어뒀지만, 아무도 들어오지 않는다. 테이블 위에는 딱 커피 잔 하나만 놓았다. 매몰차게 가지치기한 가로수 나뭇잎들도 다 떨어져 쓸쓸하다. 나뭇가지 위에 드러난 하나뿐인 새둥지도 외로워 보인다. 커피 잔, 새 둥지, 가지치기한 가로수, 열어제친 창문은 그림을 위해 일부러 설정한 게 아니었다. 혼자 카페에 앉아 그림 그리던 내 눈에 고스란히 보인 풍경이었을 뿐이다. 그때 짝사랑하던 사람에 대한 그리움을 잉크 삼아 꾹꾹 찍어 그린 그림처럼 됐다. 내 쓰리쓰리한 그리움이 그림 속으로 스리슬쩍 녹아들었나 보다. 그림 속에 숨어든 그리움이, 보는 사람들의 마음에, 또 다른 그리움으로, 그 그리움을 쓰담쓰담 쓰다듬어주는 따스함으로 읽혔으면 좋겠다.

서촌 옥상화가의 뉴욕옥상도

뉴욕에 7년 살 때 그림을 거의 그리지 못했다. 생활 소품을 몇 개 그리다가 말았을 뿐이다. 뉴욕 느낌이 나는 그림은 색연필로 그린 뉴욕 지하철 표, 딸 미국인 친구 얼굴 등 몇 점뿐이다. 그리고 싶은 마음은 컸지만, 막상 어떻게 표현할지 막막했다.

떠난 지 4년 만인 지난 2016년, 뉴욕 살 때와는 달리 '그림 그리는 사람'이 되어 다시 뉴욕을 찾았다. 뉴욕은 정말 그리고 싶은 것 '천지삐까리'였다. 오래된 건물, 가로수, 사람들, 뮤지엄들, 즐겨 걸었던 거리, 그리고 딸과 함께 살았던 브루클린 파크슬로프 동네, 브루클린 뮤지엄. 한 달간 딸과 머물렀던 뉴욕 맨해튼 남동쪽 이스트빌리지 풍경도, 센트럴파크 풍경도 그렸다. 맨해

*

아직 딱 한 장밖에 못 그려본
뉴욕옥상도.
언젠가 여러 구도의 뉴욕옥상도를
그려보고 싶다.

〈뉴욕옥상도 1〉
2016년, 펜, 26×18cm

튼 미들타운 고층 아파트에서 며칠 묵을 때는 뉴욕옥상도도 그려봤다. 서촌옥상도에 늘 등장하는 인왕산이나 북악산 같은 산은 보이지 않는 뉴욕옥상도. 건물과 거리와 자동차만 꽉 찬 모습이다. 브루클린에서는, 즐겨 찾았던 카페 풍경도 그려봤다.

　언젠가 뉴욕에 한참 머무르면서 뉴욕을 실컷 그려보고 싶다. 특히 딸과 함께 살았던 브루클린 캐롤 가든, 파크 슬로프 건물과 골목 풍경을. 그땐 숨이 턱턱 차도록 살아내기만도 버거워 그림으로 기록할 생각조차 할 수 없었던, 그 시절의 내 사랑과, 행복과, 쓸쓸함을 모두 다.

화가는 바람둥이

　　첫 전시회 '서촌 오후 4시'가 끝나고 문제가 생겼다. 처음엔 〈서촌옥상도〉 때문에 '서촌 옥상화가'라는 별명까지 얻어 신바람이 났었다. '옥상화가니까 옥상에서 계속 그려야지!' 하며 전시회가 끝나자마자 옥상에 다시 쫓아 올라갔다. 그런데 이상했다. 옥상 풍경에 가슴이 뛰지 않는 게다. '안 되지! 안 되지! 나는 옥상화가니까 옥상에서 매일매일 그려야 해!' 마음을 다잡아도 마찬가지다. 몇 달 사귀고 나서 시들해진 애인 같다고나 할까. 두근대던 마음이 없어지니 그리는 재미도 없어졌다.

　　그러다 우연히 골목길에 핀 꽃들을 그리기 시작했다. 그래, 일주일에 3일은 옥상 그림을,

3일은 꽃 그림을 그리자! 그런데 옥상 풍경 그리러 가다가 길가에 핀 민들레가 너무 고와 주저앉아 그려버렸다. 그 다음날도 옥상으로 올라가는 길에 담벼락 화단에 핀 채송화를 보고는 반해 앉아 그렸다. 옥상 올라가는 길이었던 걸 까맣게 잊었다. 몇 주 이런 일이 계속되면서 아예 옥상 올라가기를 포기했다. 봄, 여름, 가을 일 년 내내 백 개의 동네 꽃을 따라 그려 '서촌 꽃밭'이라는 제목으로 두 번째 전시회를 열었다. 내가 옥상화가라는 것도 잊었다.

다음해 인왕산 더 가까운 3층 빌라로 이사했다. 빌라 옥상에서는 인왕산이 손에 잡힐 듯 가깝게 다가왔다. 옥상 작은 텃밭에는 토마토, 고추, 가지가 자라고 있었다. 앞집 옥탑방의 어수선한 방안까지 훤하게 들여다보였다. 옥상의 전혀 다른 매력이 새롭게 눈에 들어오기 시작했다. 꽃을 그리고 났더니 인왕산의 나무들도 잘 보이기 시작했다. 다시 서촌옥상도에 빠져들었다.

익숙해진 맘으로 사랑할 수 없듯이 익숙해진 눈으로는 그릴 수 없다. 익숙해진 사랑, 시든 사랑은 마냥 붙들고만 있을 일이 아니다.

"나 좀 그려주세요!" 하고
꽃이 부르는 듯했다.
옥상에 올라가던
내 발길을 잡아끌었던 꽃들이
새로운 세상을 펼쳐 보여줬다.

〈사직동 채송화 2〉
2016년, 펜과 수채, 33.5×24.5cm

〈채송화 3〉, 2015년, 펜과 수채, 25×10㎝
〈채송화 4〉, 2015년, 펜과 수채, 25×10㎝
〈채송화 5〉, 2015년, 펜과 수채, 25×10㎝

감성의 주름살이 늘어나다

"스님, 혹시 성질 급한 동백이나 매화가 피었나요?"

"성질 급한 동백은 보이는 듯합니다. 매화는 아직이죠. 이제 움터서 한두 송이 피려고 하긴 해요."

"첫 매화 필 때 꼭 알려주세요! 내려가서 그리려고요."

"네. 곧 필 듯합니다. 저도 매일 매화 봉우리 보며 노심초사한답니다⋯."

전남 강진 백련사 전 주지 일담 스님과 매년 입춘만 지나면 나누는 대화다. 입춘이 지나면 매화, 동백이 보고 싶어 몸살이 난다. 매년 3월 초면 강진으로 달려 내려가 동백과 매화를 그리면서 봄을 맞는 게 봄맞이 일상이 됐다. 겨울 몇 달 동안 꽃 없는 인왕산, 서촌 골목길을 지나다니는 게 너무 팍팍하다. 예전엔 이러지 않았는데. 꽃이 너무 그립다.

그림을 그리기 시작하면서 꽃을 그릴 생각은 추호도 없었다. 솔직히 말하자면, 속으로 꽃 그리는 화가들을 비웃기까지 했다. 세상에 그려야 할 의미 있는 주제와 풍경이 이렇게 많은데, 예쁘다는 이유로, 잘 팔리는 그림이라는 이유로, 꽃을 그리다니! 한심하기는! 이런 식이었다. 여자 화가는 꽃을 그린다는 고정관념의 틀에 묶이는 것도 싫었다.

우연히 진달래꽃을 그리게 됐다. 이른 봄 산에서 잠깐 피었다 지는, 도시에서는 만나기 힘든 진달래꽃. 뒷산 진달래를 꺾어다 진달래화전 부쳐 먹는 자리에 함께했다가 홀린 듯 진달래꽃을 그렸다. 펜으로 그린 다음 수채 물감을 살짝 입혀보니 너무 고왔다. 진달래꽃을 그렸으니 개나리꽃도 함 그려볼까? 그럼 사과꽃도? 그렇게 시작해서 복숭아꽃, 배꽃, 자목련, 라일락, 민들레, 목단, 봉숭아, 감자꽃, 채송화, 해바라기, 옥잠화, 맨드라미를 그렸다. 인왕산으로, 서촌 골목길로, 이웃집 마당으로 꽃을 쫓아다니며 백 개의 꽃 그림을 그렸다. 2015년의 일이다.

그 이듬해부터 이상해졌다. 입춘만 지나면 환청처럼 꽃이 웅성거리는 소리가 들린다. 봄은

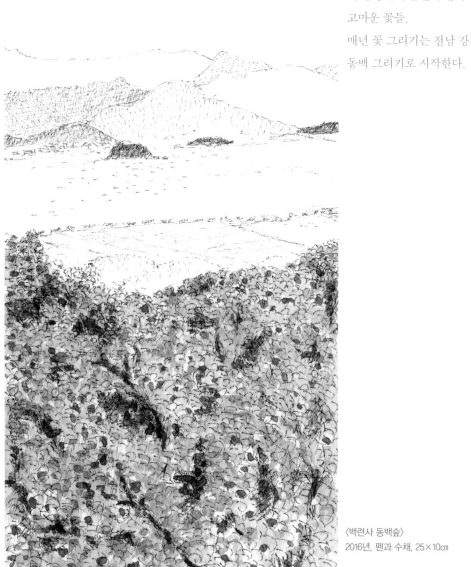

*

내 감성에 주름살이 늘어나게 해준
고마운 꽃들.
매년 꽃 그리기는 전남 강진 백련사
동백 그리기로 시작한다.

〈백련사 동백숲〉
2016년, 펜과 수채, 25×10㎝

〈백련사 동백〉
2016년, 펜과 수채, 18×26㎝

〈백련사 매화〉
2016년, 펜과 수채, 31×23cm

〈정진이와 백련사 매화〉
2017년, 펜과 수채, 33.5×24.5㎝

한참 멀었는데 집 앞을 나서면 인왕산에 진달래 꽃망울이 영글고 있는 소리, 저 뒷골목 집 마당의 자목련이 거세게 땅속 물 빨아들이는 소리, 집 앞 공터 개나리가 노랑 색깔을 만들어내는 소리가 들린다. 꽃을 전혀 볼 수 없는 겨울을 견디기 어려워 1월이면 수선화 화분을 사서까지 그린다. 일 찌감치 꽃이 피는 남쪽으로 자꾸 여행을 떠나고 싶다.

저 귀퉁이 돌아서면 그때 그 강아지풀꽃이 또 피어 있을까? 뒷골목에는 과꽃이 피었을 텐데, 옥잠화가 필 때가 다 되었는데, 저 꽃집 앞 맨드라미는 몸을 얼마나 더 붉혔을까? 인왕산에 소국이 필 때가 되었어…. 동네 꽃 지도가 훤히 보이면서 일 년 내내 가슴이 두근댄다. 꽃을 그려 보기 전에는 상상도 못했던 일이다. 우리 동네에 이렇게 많은 꽃이 피고 지는지도 몰랐다. 꽃이라 면 꽃집에서 파는 꽃이 전부인 줄 알았다.

가슴에, 감성에, 주름살이 백 배나 조글조글하게 잡힌 것 같다고나 할까? 말하자면 머릿속 뇌의 주름살은 계속 문드러져 새로운 지식이 쌓일 곳이 없어져가는 듯한데, 감성의 주름살은 늘 어나 행복감을 느낄 수 있는 표면적이 엄청나게 넓어진 묘한 기분이다. 꽃 때문에, 동네 꽃에 대 한 느낌을 기억하는 내 가슴 때문에, 마음이 훨씬 황홀해졌다.

새끼손톱보다 작은 꽃이라도 맹렬하게, 전력을 다해, 엄청난 디테일을 갖추어 피어나는 꽃. 금방 시들어버릴 줄 알면서 단 하루를 위해서도 최선을 다해 황홀한 아름다움을 갖추는 꽃. 꽃들은 그런 존재 방식으로 내게 이야기한다. 삶에 대해. 어릴 땐 뭔가 목표를 향해 전력을 다해 뛰면서 맹렬하게 살았는데, 나이가 들고 보니 삶이라는 게, 목표라는 게, 허망하게 느껴질 때가 많다. 허망한 줄 알면서도 열심히 뛰는 것은 지치고 힘들어 포기하고 싶다. 그럴 때 꽃을 기억한다. 찰나를 위해 피는 꽃. 그 찰나를 위해 최선을 다해 피는 꽃.

동네 꽃 일 년 따라 그리기! 누구에게든 권한다. 작은 스케치북 하나를 산다. 동네를 돌아다니며 마음에 드는 꽃을 골라 앞에 앉는다. 한참을 가만히 들여다본다. 연필로 그리고 싶은 부분을 살짝 그린 후 펜으로 그린다. 물감도 살살 칠해본다. 어느 동네이든 꽃은 필 테고, 꽃을 따라다니다 보면, 분명 감성의 주름살이 조글조글조글 늘어나는 희한한 경험을 하게 될 게다. 앞으로 어떤 새로운 동네로 이사 가 살더라도, 꼭 일 년 동안 그 동네에 피는 꽃 따라다니며 그리기부터 시작해볼 참이다.

다시 그릴 수 있는 그림은 없다 🌸

"이 그림 너무 좋아요! 사고 싶어요!"

"이미 팔렸는데요."

"아이고, 아까워라. 이 그림 꼭 사고 싶은데. 똑같은 그림 한 장 더 그려주시면 안 될까요?"

"비슷한 다른 그림들도 있는데, 저 그림은 어때요?"

"이 그림이 좋아요."

"왜 꼭 그 그림이 좋으세요?"

"저도 설명하긴 힘들어요. 제 맘 깊은 곳을 쿵! 하고 건드리는 것 같아요."

집 앞 나무와 건물 풍경을 그린 작은 그림이었다. 왜 꼭 그 그림이 그 사람의 맘을 끌었는지는 잘 모르겠다. 그 사람의 인생에서 소중했던 어떤 기억이나 풍경과 그 그림 속 풍경이 맞닿아 있었던 건 아닐까 짐작해봤다.

전시회를 할 때면 맘에 드는 그림을 가리키며 이런 요구를 하는 사람들을 종종 만난다. 얼떨떨해져서 제대로 대답을 못한다. '똑같은 그림을 다시 그릴 수 있을까?' 속으로 생각해보지만, 엄두가 나지 않는다.

생각해보니 그동안 같은 그림을 두 번 그린 일은 한 번도 없다. 아니, 그릴 수가 없었다. "무엇으로 그림을 그리느냐?"고 묻는다면, "펜으로 그린다"고 답하겠지만, 펜으로만 그리는 것 같진 않다. 잘난 척 하자면 가슴으로 그린다고나 할까? 그날의 바람과, 구름과, 하늘과, 햇빛과, 땅내음도 함께 버무려 말이다. 그 시간의 감성, 느낌은 다시 연출해내기가 힘들다. 지금까지 그렸던 3백여 장의 그림을 하나하나 떠올려보지만, 한 장도 그대로 다시 그릴 수 있는 그림이 없다. 그 장소에 다시 갈 수는 있지만, 그 시간을 돌이킬 수 없고, 그 마음을 똑같이 떠올릴 수 없다. 그 시간과 마음은 벌써 훌쩍 지나가버렸다. 돈 벌고 싶은 마음에 똑같은 그림을 그리려고 몇 번 시도

*

똑같은 그림을 또 그리기는 힘들다.
첫 그림 그릴 때의 마음을 다시 소환해내기 어렵다.

<서촌 스케치 1>, 2016년, 펜, 21×13cm
<서촌 스케치 2>, 2016년, 펜, 21×13cm

〈서촌 스케치 3〉, 2016년, 펜, 21×13cm
〈서촌 스케치 4〉, 2016년, 펜, 21×13cm

한 적 있었지만, 결국 그리지 못했다. 갈수록 그림은 그때 그 순간의 내 마음이 그린다는 믿음이 더해져 간다. 그때의 내 마음은, 내 그리움은, 내 사랑은, 다시 소환해낼 방법이 없다.

그 친구가 그렇게 갖고 싶어 했던 나무가 있는 동네 풍경 그림을 내가 다시 그렸다면, 그 그림은 그 친구의 맘에 똑같은 감흥을 불러일으킬 수 있었을지 그것도 참 궁금하다.

마음이 그만큼 커졌나 봅니다

경복궁 영추문 앞 화단에 다시 앉았다. 2014년 〈오늘도 걷는다 2〉를 그린 지 꼭 4년 만이다. 그릴 채비를 마치고는 깜짝 놀랐다. 똑같은 자리에 앉았는데, 눈앞에 펼쳐진 풍경이 4년 전과 전혀 달라 보였다. 물론 시야 왼쪽의 허름했던 식당 '메밀꽃 필 무렵'이 최근 세련된 모습으로 리노베이션 하긴 했다. 오른쪽 보안여관 갤러리 옆에 서 있던 큰 공사 철판이 사라지고, 3층짜리 번듯한 건물이 들어선 것도 뚜렷한 변화다. 하지만 그 때문만은 아닌 듯싶었다.

플라타너스 가로수였다. 분명 나무는 4년 전 바로 그 나무였다. 나무껍질 무늬를 하나하나 헤어가며 그렸던 기억도 뚜렷했다. 달라진 건 없는데 완전히 달라 보인다. 그때보다 2배 이상이

나 커 보인다. 고개를 뒤로 휘익 젖혀야 겨우 다 볼 수 있다. 그땐 내 눈높이까지만 딱 보였다. 플라타너스 나무의 위쪽이 잘리든 말든 내 시야에 들어오는 만큼만 그렸다. 고개가 뒤로 젖혀지니 하늘이 보인다. 내가 앉아 있는, 반대쪽 가로수의 끝과 서로 맞닿기까지 한다. 플라타너스 나무 저 끝, 저 하늘까지 그리고 싶어졌다. 전혀 다른 구도의 그림을 그리고 싶어졌다.

"참 이상하지? 이 나무가 이렇게 큰 나무였는지 4년 전엔 정말 몰랐네! 왜 예전엔 나무 전체가 안 보였을까? 나무 저 끝과 만나는 하늘이 왜 안 보였을까?" 고개를 뒤로 계속 젖히며 묻는 내게, 친구가 한마디 했다.

"마음이 그만큼 커졌나 봅니다!"

*

4년 전 그렸던 똑같은 나무가
전혀 달라 보이는 신기한 경험을 했다.

〈그 플라타너스〉
2018년, 펜, 30×15cm

잘생긴 느티나무 한 그루

    햇볕이 잘 드는 집으로 이사하고 싶어 집을 구하러 다닐 때였다. '물 좋고 정자 좋은 곳은 없다'는 말처럼 햇볕 잘 들고 가격 싼 집은 없었다. 운 좋게 햇볕이 꽤 잘 들고 가격도 적절한 집을 구하긴 했지만, 골목 끝집이라는 게 맘에 들지 않았다. 결정할까 말까 망설이며 돌아서 나오는데 골목 입구에 큰 나무가 서 있었다. 백 년은 족히 넘었을 듯 듬직하게 잘생긴 느티나무였다. 괜히 기분이 좋아졌다. "그래, 너 때문에 이 집으로 이사하기로 결심했어!" 나무에게 살짝 귀띔했다.

    대학 동창 중에 나무 박사가 된 친구가 하나 있다. 그 친구가 오십대 직장인 모임에서 고향 풍경을 그려보자고 제안했더니, 대부분 사람들이 멀리 내다보이는 산을 그리고, 마을의 살림집이나 골목보다 먼저 마을 어귀나 마을 한가운데 빈터에 우뚝 서 있는 큰 나무를 그리더라는 거다. 그 나무는 대부분 느티나무였단다. 고향을 상징하는 느티나무. 마음속에 깊이 박힌 느티나무. 든든하게 나를 지켜줄 것 같은 느티나무.

　골목 입구 그 느티나무를 여러 번 그렸다. 나무가 화면에 꽉 차게도 그려보고, 뻥 뚫린 하늘을 배경으로도 그려보고, 건너편 건물 계단 위에 올라가 내려다보며 그리기도 하고, 인왕산 쪽에 앉아 그리기도 했다. 생각보다 엄청 키가 큰 것도 그리면서 발견했다. 특히 계단 위에서 내려다보며 그릴 때는 더 커 보였다. 줄기를 따라, 잎사귀를 따라 그리느라 자꾸자꾸 들여다보다 보니 그 속이 깊고도 또 깊었다. 나무 속에 또 하나의 나무의 집이 있어 뭔가 깊이 생각하고 있는 듯 보이기도 했다. 나무 속으로 쑥쑥 빨려 들어가는 느낌이었다.

　지금 우리 동네에 살고 있는 그 어떤 사람들보다 훨씬 오래 그 자리에서 이 동네를 굽어보았을 나무. 내가 그림 그릴 장소를 찾아 두리번거리며 바쁘게 걸어 다녔을 때도, 지쳐 멍한 얼굴로 지나쳤을 때도, 허둥지둥 친구를 만나러 나갈 때도, 그 자리에서 계속 나를 바라보고 있었을

*
집으로 들어가는
골목길 입구의 느티나무를
그리고 또 그렸다.
늘 나를 지켜주는
맘 좋은 언니 같다.

〈그 느티나무 3〉
2018년, 펜, 30×15cm

〈그 느티나무 4〉
2018년, 펜, 30×15cm

〈그 느티나무 5〉
2018년, 펜, 30×15㎝

〈그 느티나무 6〉
2018년, 펜, 30×15㎝

나무. 동네 최고 터줏대감이지만 텃세 부리지 않는 나무, 잘생겼다고 생색내지 않는 나무, 계절마다 새로운 아름다움으로 옷을 갈아입는 나무, 해가 바뀔 때마다 더 멋있어지는 나무. 나무를 자꾸 그리면서 이 나무를 닮아가고 싶다는 생각이 들기 시작했다. 이 느티나무가 나를 이 동네로 부른 것 같다. 어느 날 지나는 길에 나무를 꼭 안으면서 속삭였다.

'나무야 사랑해! 나를 여기로 불러줘서! 너를 자꾸 그려줄게!'

이제 내 마음대로 살아도 되지?

제주도 남원읍 신흥2리 제주동백마을에 동백을 그리러 갔다. 그곳에서 동네 입구를 지키는 키 큰 동백나무들에 홀딱 반했다. 빨간 동백꽃뿐 아니라, 오랜 제주 바람에 하늘을 향해 휘어진 가지들, 햇빛을 받아 반짝반짝 빛나던 진초록의 납작한 잎들, 그 위로 펼쳐진 푸른 하늘, 슬쩍 스치는 바람까지, 모두 좋았다. 넋 나간 사람처럼 쳐다보고 또 보고, 냄새 맡아보고, 살짝 만져도 보고, 뒤돌아보고, 올려다봤다. '이리 오너라 앞태를 보자~ 저리 가거라 뒷태를 보자~ 어화둥둥 내 사랑이야~.' 판소리 가락이 절로 나왔다. 바닥에 떨어진 동백꽃잎들 위에 누워 한참이나 춤추다 일어나 그리다 또 춤추다 그렸다. 동백나무, 돌담길, 돌담길 저 너머 어디론가 뻗어 있는 마을

길도 그리고, 매달린 동백꽃과 땅바닥에 떨어진 동백꽃을 후두두둑 붉은 빛으로 칠했다. 수십 차례 동백꽃을 그렸는데, 이 그림은 유독 좋아하는 사람이 많았다.

　내가 미칠 지경으로 좋은 상태에서 그린 그림을 사람들이 기막히게 알아차린다. 묘사가 뛰어나거나, 구도가 멋있거나, 색상이 세련되거나, 더 열심히 그린 그림보다 내가 섹스하는 기분으로 흠뻑 빠져 즐겼던 구도나 풍광을 그린 그림을 사람들이 훨씬 더 좋아하는 걸 감지한다. 꼭 그림을 그릴 때 내 옆에서 지켜보았던 것처럼 말이다.

　몇 차례 이런 경험이 더해지면서 내 마음에 대한 믿음이 조금씩 커져간다. 예전엔 그리고 싶은 장소, 끌리는 장소가 있을 때면 왜 그곳에서 그려야 하는지를 스스로에게 묻고 납득할 만한 분석을 먼저 했다. '이 자리가 고대와 근대와 현대가 맞물리는 서촌의 특성을 보여주기에 적절한 장소일까?' '이 구도가 인왕산이 서촌에 자리하는 의미를 드러내기에 적합할까?' 이런 식이었다. 돌이켜보면, 어떤 장소와 구도를 선택하는 데는 여러 이유가 있었지만, 근본적으로는 마음이 끌려서였다. 마음이 끌린 것들에 머리가 뒤늦게 승인해준 경우가 훨씬 많았다. 그림 그리기는 이성, 논리, 분석, 통계, 객관적 사실, 중립적 인식, 과학적 사고에 주눅 들어 살아왔던

*

마음을 뺏겼던 제주동백마을
오래된 동백나무숲.
나무와 숲 그리기에 부쩍 관심이 커졌다.

〈제주동백마을 동백나무들〉
2018년, 펜과 수채, 36×26cm

내 마음을 조금씩 더 믿어주는 일 같다. 내 마음에게 눈과 머리를 달아주는 일. 마음이 "좋아!" "여기야!" "행복해!" 하면 끄덕끄덕 믿어주고, 토닥토닥 등 두드려주고, 마음이 뭘 아냐고 구박하지 않는 일.

3부  지 금 의 시 간 을 그 리 다

〈오늘도 걷는다 2〉
2014년, 펜, 29.4×84cm

청와대가 보이는 풍경 '오늘도 걷는다'

미국에서 열리는 전시회에 〈오늘도 걷는다 2〉가 초청받아 포장해 보냈다. 액자 유리가 깨지지 않게 싸느라 그림을 안고 한참을 끙끙대다 '너는 사연도 많구나, 태평양까지 다 건너가고' 싶은 생각에 혼자 웃었다.

2014년에 그린 〈오늘도 걷는다 2〉는 경복궁 서쪽문인 영추문 앞에 앉아 서촌 방향을 바라보며 그린 그림이다. 앞쪽의 느티나무와 '메밀꽃 필 무렵'이라는 정겨운 이름의 식당, 기와집, 수많은 건물, 공사 중인 '보안여관' 옆 건물, 저 멀리 보이는 인왕산…. 이들이 어울려 만들어내는 묘한 풍경에 홀딱 빠져 영추문 앞 보도블록 위에 낚시 의자를 놓고 앉아 며칠째 그리던 어느 날이었다. 갑자기 청와대를 지키는 2020경비단 ○○○ 경사라는 사람이 나타났다.

"여기서 이러시면 안 됩니다. 지나가면서 간단히 사진 찍는 건 괜찮은데요. 오랫동안 앉아 그림 그리는 건 안 됩니다."

"왜요?"

"여기는 보안 지역입니다."

"…"

국민신문고에 '공공장소에 앉아 그림 그릴 권리'를 주장하는 민원을 넣고 한참을 기다려 서울지방경찰청에서 '그림 그려도 좋다'는 공문을 받은 후에야 다시 그릴 수 있었다. 그 후로도 '그림 그리는 나이 든 여자 내버려둬라'는 전달을 받지 못한 경찰들의 검문검색에 몇 차례나 시달려야 했다. 그때마다 주머니에 넣어둔 경찰청에서 받은 허락 편지를 웃으며 쑤욱 내밀었다.

서촌 길거리에서, 옥상에서 서촌 풍경을 그리며 살다 보니 청와대가 이래저래 자꾸 보이고 걸린다. 이 옥상, 저 옥상, 옥상 동냥하듯 다니다 보니 옥상마다 색다른 풍광이 펼쳐진다. 기막힌 풍광의 아파트 옥상에서 그리다 주민 신고를 받은 경찰에게 쫓겨난 일도 있었다. 청와대가 너

*

내 그림 속에 들어가 있는 청와대 이야기들.
〈오늘도 걷는다 2〉는 청와대 근처에 앉아 그린다는 이유로,
〈서촌옥상도〉들은 청와대가 너무 잘 보이는 풍광이라는 이유로 못 그릴 뻔 했던 사연이 있다.
앞으로 내 그림 속에 청와대와 북악산이 어떤 모습으로 변화해 등장할지 나도 궁금하다.

〈서촌옥상도 5〉
2014년, 펜, 29.4×84cm

〈서촌옥상도 11〉
2015년, 펜, 29.4×84cm

무 잘 보이는 옥상에서 그리려면 아파트 주민회뿐 아니라 동네 파출소, 종로경찰서 보안계에까지 신고해야 한다는 사실을 뒤늦게 알았다. 올라가서 그리고 싶어도 '보안상' 허락을 받을 수 없어 못 올라가는 옥상도 많다.

37년 전인 1980년대 초 대학 시절 청와대 바로 옆, 지금은 청운공원이 된 청운아파트에서 3년여를 살았다. 학교에서 집에 오는 버스를 타고 내리면, 현재 윤동주문학관인 청운가압장과 물탱크를 오른쪽에 끼고 비스듬한 언덕을 걸어 올라갔다. 살던 집 바로 코앞에 청와대가 있었지만, 내가 가볼 수 있는 공간이라는 상상을 단 한 번도 해본 적이 없었다. 기억 속에 남아 있는 동네 이미지는 청운아파트 창문 밖으로 보이던 서울 시내 야경뿐이다. 3년여를 바로 옆에서 살았지만, 북악산과 청와대는 뚜렷한 이미지로 남지 못했다. '쳐다봐서는 안 되는' 곳이라는 '명령'을 내면화해서였을까?

촛불시위, 탄핵, 선거까지 다 끝나고 다시 옥상에 올라 그리다 보니 예전과 꼭 같은 풍경인데, 이상하게 마음이 새롭다. 청와대를 어디로, 어떻게 옮길 것인지에 대한 청사진들에 귀가 쫑긋해지기도 한다. 청와대가 없는 서촌은 어떤 모습일까? 청와대가 없어지면 고도제한이 풀려 오히려 우후죽순 개발되는 건 아닐까? 북악산에서 청와대로 곧장 내려가 광화문까지 걸어갈 수 있는 걸까? 청와대 쪽에 앉아 그리는 서촌의 모습은 어떤 걸까? 이 생각 저 생각에 혼자 마음이 설렌다.

〈오늘도 걷는다 2〉를 영어로 번역해달라는 요청을 받았다. 한국 사람이라면 누구나 알아듣 겠지만 외국은 그림 속 청와대를 지키는 전경들 모습을 보고, 이 제목의 의미를 이해하기란 쉽지 않다.

'옛 왕이 살던 궁궐 경복궁 서쪽에 위치한 동네 서촌. 대통령이 사는 청와대와 가까워 거리 곳곳엔 경찰이 수없이 배치돼 있다. 보초 서는 경찰들이 뚜벅뚜벅 걷는 모습도 서촌의 또 하나의 대표적인 풍경이다.'

이런 긴 설명을 썼다.

헌법재판소 봄의 교향곡

헌법재판소 주변을 며칠째 맴돌았다. 촛불시위에 참여해 헌법재판소 근처까지 따라가 구호를 외쳐보기도 하고, 카페 2층에서 커피를 마시며 헌법재판소 마당을 한참 내려다보기도 했다. 태극기파와 촛불파가 맞서 있는 헌법재판소 정문 앞에 한참 동안 우두커니 서 있어도 봤다. 촛불로 둘러싸인 헌법재판소 건물을 그려볼까? 광화문 광장에서 헌법재판소 가는 길을 그려볼까? 탄핵과 관련해 뭔가를 그려보고 싶었다.

헌법재판소 담 안쪽에 있는 목련나무 몇 그루를 발견했다. 멀리서 볼 땐 앙상한 가지뿐이었지만 가까이 가서 들여다보니 수백 개의 목련 꽃망울이 물이 올라 곧 터질 듯한 모양새다. 세상으로 나오기 직전의 몽우리 속 부산한 몸짓이 눈에 선하다. 봄비 몇 번 내리면 황홀한 꽃잎을 선보이겠지. 꽃잎이 벌어지지 않아 아직 심심한 풍경이었지만, 뭔가 좋은 일이 곧 터질 듯한 예감. 담에서 좀 떨어진 자리에 준비해간 낚시 의자를 놓고 앉아 그리기 시작했다.

헌법재판소 담 밖을 지키고 서 있던 앳된 얼굴의 경찰이 '저 나이 든 여자가 길거리에 앉아 뭘 하는 거야?' 싶은지 자꾸 힐끗힐끗 쳐다본다. 모른 척 한참 그리는데 이 경찰이 입이 찢어져라 하품을 하기 시작한다. 어리고 고운 얼굴이 하품 때문에 다 망가진다. '몇 시간씩 앞만 바라보며 담을 지키고 서 있자니 얼마나 지루할까?' '아니지, 헌법재판소 앞에 와서 찬송가 부르고, 백팔배하고, 서로 싸우는 사람들까지 있으니, 하품이 절로 나올 일이지!' 속으로 혼자 구시렁대며 그렸다.

아, 그런데 이 경찰이 하품을 너무 많이 해대는 게다. 근무 중에 좀 지나친 거 아냐 하는 순간, 재미난 생각이 떠올랐다. 터질 듯한 목련 몽우리와 입이 찢어질 듯한 경찰의 하품. 예사롭지 않은 조합이다.

그림을 그리면서 늘 '비오는 날을 어떻게 그리지?' '바람 부는 날을 보여주는 방법은 뭘

까?' '사랑은 어떻게 그릴까?' '봄은 무엇으로 표현할까?'를 궁리한다. 아직은 보이는 것들만 열심히 그릴 뿐이지만, 그런 것도 그려보고 싶은 맘이 굴뚝같다. 유독 더 춥고, 더 길게 느껴진 2016년에서 2017년까지의 겨울. 따뜻한 봄을 앞당겨 그려보고 싶었다. 이른 시간에 늘 나가 앉아 그리던 옥상카페. 같은 시간, 같은 자리였다. 그런데 카페 소파와 테이블에 강렬한 그림자들이 드리워져 전날과는 전혀 다른 풍경을 만들어내고 있었다. 같은 장소인데 그 전날들과는 달리 봄기운이 완연했다. 그림자 때문이었다. 멀리서 다가오는 봄볕이 만들어낸 그림자. 그림자를 더 진하게 칠할수록 봄볕은 더 따뜻하게 느껴졌다. 더 진하게 그리면 봄이 더 빨리 올 것 같은 마음으로 자꾸자꾸 그림자를 그렸었다.

  헌법재판소 담벼락을 배경으로 물 오른 목련나무만 그리려던 생각을 접고, 하품하던 경찰을 그림 속에 집어넣기로 했다. '보초 서는 게 지루해서, 시위대를 쳐다보는 게 따분해서만 하품을 하는 게 아냐! 온몸을 나른하게 만드는 봄기운 탓에 터져 나오는 하품을 주체할 수 없는 게야!' 경찰의 하품을 맹렬하게 그릴수록 봄볕을 더 강렬하게 표현할 수 있을 것 같았다. 우렁차게 하품하는 모습을 기억해 그릴 재주는 없어 그 앞 카페로 자리를 옮겨 사진기를 들고 창문 밖을 훔

*

tvN 드라마 〈도깨비〉에서
도깨비가 죽으며 하던 말,
"비로 올게, 첫눈으로 올게"를
"목련으로 올게, 하품으로 올게"로
살짝 바꿔 넣어봤다.
목련 몽우리로,
하품으로 오고 있는 봄.

〈헌법재판소 봄의 교향곡〉
2017년, 펜, 33.5×24.5cm

처보며 기다렸다. 하품해라~ 하품해라~! 드디어 하품! 찰칵!

　　헌법재판소를 둘러싼 강력한 봄의 작동! 모두 열정적으로 기다리는 봄의 작동이다. 건너편 헌법재판소 건물 어느 창문 안에선가 법률적 봄이 준비되고 있었겠지. 평의를 했음직한 사무실의 창문도 살살 펜으로 칠해봤다. 어느새 수백 개의 목련꽃 봉우리와, 그 옆 나뭇가지 속에서 준비되고 있을 연둣빛 잎사귀들과, 경찰의 입 찢어지는 하품이 함께하는, 아주 모던한 '헌법재판소 봄의 교향곡' 연주가 우렁차게 울려 퍼지기 시작했다. 자꾸자꾸 그리다 보니 경찰도 하품하던 게 아니었다는 확신이 들기 시작했다. '헌법재판소 봄의 교향곡'을 목청껏 부르고 있었던 게 틀림없다.

우리 모두의 촛불 모녀

2016년 초겨울. 박근혜 전 대통령 탄핵 시위가 한창일 때 서울 광화문에서 딸과 함께 촛불을 들었다. 미국 사는 딸이 대학을 졸업하고 잠깐 한국에 나와 있을 때였다. 딸과 정치적인 사안이나 정치철학에 대해 이야기는 많이 나누었지만 떨어져 살다 보니 역사를 바꾸는 현장에 함께하기는 힘들었다. 딸과 같이 촛불을 높이 치켜들었던 그날의 감동을 〈촛불 모녀〉라는 그림으로 표현했다.

돌아가신 엄마와는 정치적인 이야기를 나눠본 기억이 거의 없다. 창피하지만 엄마가 어떤 정치적 의견을 가진 사람이라는 생각조차 해보지 않았다. 일곱 자녀와 남편 뒷바라지 하느라 한

평생 혼쭐나게 살았던 엄마는 어떤 입장이었을까? '생존하기' '내 가족 탈 없이 잘 살기'가 삶의 목표이자 정치적 입장의 전부였을까? 한 번도 '사회적 목소리를 내는' 엄마의 모습을 볼 수 없었다.

그 때문일까? 목소리를 내지는 않지만 묵묵하게 자기 일 하며 다른 사람들을 도우며 사는 사람들 앞에서 사회적 목소리를 낼 때마다 늘 조심스럽고, 두렵고, 창피했다. 치열하게 살거나 몸과 마음으로 행동하지 않으면서 머리로만, 목소리로만 사회적 목소리를 내는 일은 나쁜 일로 여겨졌다. 그래서 늘 내 사회적 목소리는 그렇게 크지 못했다.

정치적 의견을 가지기도 힘들었고, 사회적 목소리를 낼 수도 없었던 엄마. 정치적, 사회적 문제에 대해 단 한 번의 토론도 하지 못했던 나와 엄마와는 달리, 지금의 나는 딸과 정치 이야기, 페미니즘 이야기를 스스럼없이 나눈다. 그만큼은 한 발자국 걸어 나간 걸까?

딸과 함께 촛불을 들고 광화문 광장에 섰던 뭉클함을 그린 그림은 딸에게 선물하리라 맘먹었던 터라 전시회 때 일찌감치 '작가 소장'이라고 써붙여 두었다. 그런데 어떤 분이 굳이 그 그림을 사고 싶다고 계속 조르는 게 아닌가?

*
광화문에서 딸과 함께
촛불을 들었던 날의 뭉클함을 그렸다.

〈촛불 모녀〉
2016년, 펜, 33.5×24.5㎝

〈2016년 11월 19일 광화문 촛불시위〉
2016년, 펜, 21×13cm

"딸과 저, 둘의 모습을 그린 개인적인 그림인데 그걸 왜 굳이 사려고 하세요?"

"너무 좋아서요."

"좋아도 우리 둘의 모습인데요."

"그게… 우리 모두의 '촛불 모녀'로 보여서요."

"아…."

우리 모두의 촛불 모녀. 그림 속 내 얼굴에 엄마의 얼굴을 넣어보았다. 딸의 얼굴에 내 어릴 적 얼굴을 넣어보았다. 또 다른 모녀의 얼굴들을 번갈아 자꾸 넣어보았다. 괜히 눈물이 핑 돌았다.

경찰차벽, 동네 풍경이 되어버린 날

주말이면 촛불 들고 시위대를 따라다니며 춤으로 세상의 해방을 꿈꾸는 '도시의 노마드' 친구들과 함께 춤을 췄고, 주중에는 매일매일 옥상에 앉아 동네 풍경을 그렸다. 날씨가 추워져 전망 좋은 카페에 앉아 효자동 쪽을 바라보며 그리고 있을 때였다. 갑자기 눈앞에서 경찰차들이 앞뒤로 왔다 갔다 한다. 힘들게 요리조리 열을 맞추던 경찰차들이 눈 깜짝할 사이에 1센티미터의 차간 간격도 허용하지 않는 경찰차벽을 만들어냈다. 자하문로 은행나무 가로수들과 상점 간판 뒤에서 삐죽 모습을 보이는 기와집 지붕을 그리던 나는, 너무나 당황스러웠다. 그리던 풍광이 순식간에 바뀌어버렸기 때문이다. 그렇게 내 동네 그림 속으로 경찰차벽이 훅 하고 들어왔다.

　　그 후 경찰차벽은 수시로 출몰했다. 촛불시위대와 청와대를 가로막는 권위와 불통의 상징이기도 했지만, 동네 친구들이 코앞에 있는 집을 몇백 미터나 돌아가게 만드는 얄미운 존재… 경찰차벽은 어느새 익숙한 동네 풍경의 하나가 되었다. 촛불을 높이 들고 구호를 외치며 청와대로 향하는 시위대와 함께.

　　아직 사회 이슈를 캔버스에 담아내는 일은 힘들다. 아무도 없는 방에 혼자 있을 때 펑펑 눈물 흘리며 그리워할 수 없는 걸 그려 내는 일이 너무 어렵다. 고백하건대, 민주주의를 갈망하지만 혼자 방에 앉아, 눈물 뚝뚝 흘리며, 민주주의를 위해 잘 울지 못한다. 젊은 시절 그런 자신이 창피해 일부러 통일을 위해, 노동자 차별 철폐를 위해 우는 연습을 오래오래 숨어 했지만, 쉽지 않았다. '거짓뿌렁'의 느낌으로는 그릴 수가 없다. 지금 내 가슴을 터지게 하는 것들부터 하나씩 그려 나가는 수밖에 방법이 없다.

　　이제 조금씩 조금씩 새로운 그림을 그리고 싶어졌다. 동네 슈퍼 앞을 가로막고 있는 경찰차벽 위에서 딸과 함께 추는 춤, 흐물흐물 흘러내리는 경찰차를 밟으며 인왕산으로 동네 친구들과 함께 걸어가는 춤, 장난감처럼 작아져버린 경찰차벽과 깔깔거리며 노는 춤, 친구들과 손 붙잡

탄핵 시국에서 우리 동네의 일상적인 풍경이 되어버린 경찰차들.

〈경찰차가 있는 효자동 풍경〉
2016년 12월, 펜, 24.5×33.5㎝

〈경찰차벽과 함께 춤을〉
2016년 12월, 펜, 24.5×33.5㎝

고 경찰차벽을 넘어 끝없이 달려가는 춤, 딸과 함께 따뜻한 촛불을 들고 동네를 날아다니는 춤… 그런 온갖 이미지들을 그려내보고 싶어졌다. 나는 동네 화가니까. 우리 동네에서 지금 진행되고 있는, 바로 내가 있는 풍경이면서 우리 모두의 풍경이니까.

노랑 리본 산수유

꽃은 수채 물감으로 그리지만 풍경이나 인물은 0.1밀리미터, 0.05밀리미터 검정색 펜으로만 주로 그린다. 유일하게 풍경이나 인물 채색에 사용했던 색은 노랑이었다. 노란색을 특별히 좋아해서는 아니었다.

2013년 봄. 곧 철거될 서울 서대문구 아현4주택재개발지역에 스케치하러 들어갔을 때였다. 텅 빈 동네 골목 여기저기 그림 그릴 장소를 찾아 돌아다니다 어느 집 대문 밖에 서 있는 노란 기타 한 대를 발견했다. 순간 가슴에서 크게 '쿵!' 소리가 들렸다. 궁핍한 판자촌 생활에 따스한 힘이 되어주었을 기타. 동네 전체가 철거 직전의 우중충한 회색빛이었던 탓에 노란색의 기타가 더 도드라져 보였을 수도 있겠다. 노란 기타는 철거도, 가난도, 억울함도, 초라함도, 의연하게 이겨내는, 작지만 당당한 힘을 함축적으로 보여주는 듯했다. 애초 종이 전체를 수채화 물감으로 채색하려던 마음을 접고 동네는 검은 펜으로 그린 후 그 기타에만 노란색을 칠했다. 쿵! 가슴을 울렸던 그 소리를, 내 그림을 보는 사람들 가슴에서도 들리게 할 좋은 방법일 듯싶었다.

심쿵! 그 후 노란색 포인트가 들어가는 그림을 시리즈로 그려보기로 했다. 철거될 집 벽에 걸려 있던 복조리도, 비오는 날 북촌 거리의 우산도, 이른 봄 들판의 봄꽃도, 빈민촌 집 밖에 널린 빨래도, 저녁 식사 그릇에 놓였던 달걀노른자도… 모두 그날, 그 순간, 그 풍경 속에서 내가 찾아낸 '심쿵!'들이었다. 스무 점 정도 그렸을까? 시큰둥해지기 시작했다. 처음엔 열심히 심장을 울리는 풍경 속 사물을 찾아다녔는데 어느 순간 그림 구조상 그럴 듯해 보이는 자리에 괜히 노란색을 칠하고 있는 나 자신을 발견했다. 옥상에 올라가 동네 풍경을 그리고 나서는 한 풍경 속에 가슴을 울리는 포인트가 너무 많아 어느 한 곳에만 노란색을 칠하기 힘들어졌다.

한참 동안 노란색 포인트 그림을 잊고 지냈다. 2014년 4월 16일. 세월호 사고 이후 노란 리본이 우리 생활에 깊숙이 들어왔다. 옷에도, 가방에도, 손목에도, 동네 가게에도 노란 리본은 세월호 아이들에 대한 그리움, 미안함, 속죄의 상징이 되어갔다. 2015년 열었던 첫 전시회 '서촌 오후 4시'에 걸린 내 노란색 포인트 그림들을 보고 관람객들은 세월호의 아픔을 상징하는 것으로 해석하고 싶어 했다. 2016년 4월에는 한 잡지에서 노란색 우산이 들어간 내 그림을 세월호 2주년 특집호 표지로 쓰고 싶다고 요청해왔다. 노란 우산이 세월호 아이들을 보호해줄 따뜻함의 상징으로 해석되었나 보다. 흔쾌히 쓰라면서도 세월호 아이들을 떠올리며 그렸던 그림이 아니었다는 게 자꾸 마음에 걸렸다.

　개나리, 병아리, 어린이 등 밝고 경쾌한 것들의 상징이었던 노란색은 세월호 사고 이후 대한민국 국민 모두에게 아픔의 색깔, 슬픔의 색깔이 되어버렸다. 노란색만 보면, 특히 4월에는, 눈시울이 붉어진다.

　멀리 인왕산이 보이는 서촌 골목길은 내겐 아주 익숙한 풍경이다. 그림 그리러 나선 4월 어느 날이었다. 이 풍경 속에 노랗게 핀 산수유나무가 쑥 들어왔다. 발걸음을 멈추고 골목길에 앉아 한참이나 산수유나무를 바라봤다. 가지마다 달린 노란 꽃망울들이 세월호 노란 리본 같았다. 바람에 살살 흔들리며 흐느껴 우는 듯했다. 미안하다고, 잊지 않겠다고, 기억하겠다고, 다시는 되풀

*
동네 골목길
산수유 가지마다 달린
노란 꽃망울들이
세월호 노란 리본 같았다.
바람에 흔들리며
흐느끼는 듯도 했다.

〈노란 리본 산수유〉
2017년, 펜과 수채, 33.5×24.5㎝

〈아현동 기타〉
2013년, 펜과 수채, 30×20㎝

〈비 오는 날, 삼청동〉
2013년, 펜과 수채, 30×20㎝

〈봄〉
2013년, 펜과 수채, 30×20㎝

〈여름〉
2013년, 펜과 수채, 30.5×23㎝

이하지 않겠다고 말하는 노란 리본들. 노란 산수유. 심쿵!

2017년 4월 16일. 세월호 3주기를 맞으면서 노란색이 있는 그림을 다시 이어 그려보기로 마음먹었다.

목욕탕 물 온도는 41.6도

2017년 4월 16일 세월호 3주기의 슬픔을 어떻게 표현해야 하나를 고민할 때였다. 끙끙대다 목욕이나 하자며 공중목욕탕엘 갔다. 뜨거운 욕탕에 앉아 때를 미는 사람들을 쳐다보는데, 다들 소리죽여 울고 있는 듯 보였다. 아이들에 대한 미안한 맘을 때를 밀듯 싹싹 씻어내며 울고 있는 모습, 몸에 새긴 세월호 문신을 안고 울고 있는 모습….

그려보기로 맘은 먹었는데, 한 번도 목욕탕 풍경을 그려본 적이 없어 막막했다. 일단 '목욕하는 모습' '목욕탕' 등을 검색어로 넣고 이미지를 검색했다. 목욕하는 사진이 제대로 검색되어 나올 리 만무했다. 어설픈 이미지가 몇 개 검색됐지만, 그리고 싶은 구도에 맞춰 참고하기가 힘

*

언젠가 세월호 문신도 그려 넣어 세월호의 아픔을 제대로 표현한 그림으로 완성하고 싶다.

〈슬픔〉, 2017년, 펜, 24.5×33.5㎝

들었다. 때밀이 아줌마에게 때를 민 후에 사진을 찍어달라고 부탁하자 싶어, 다음 날 다시 목욕탕으로 달려갔다. 평소보다 좀 더 비싼 때를 민 후 내 몸을 사진 찍어달라고 부탁했다. 손님이 없는, 새벽녘 목욕탕 물 바꾸는 시간에, 때밀이 아줌마가 따라다니며 벌거벗은 내 몸을 사진 찍었다.

    그 사진으로 목욕탕을 그리고, 나를 그리고, 목욕탕 물 온도를 41.6도로 써넣기도 했다. 세월호 선체와 노란 리본 문신을 몸 전체에 그려 넣으려고 애쓰다 중단했다. 몸의 굴곡에 맞춰 세월호와 노란 리본이 어떤 굴곡진 모습을 갖추게 될지를 상상하기 힘들어서이기도 했지만, '세월호의 아픔을 표현할 적정한 소재인가?' 하는 근본적인 의문에 부딪혀서다. 굳이 내가 설명하지 않는 한 세월호의 아픔이 나타난 작품이란 걸 아무도 알지 못할 게다. 결국 내 누드가 들어간 엉뚱한 미완성작으로 남았다. 방 한쪽에 세워두고 오며 가며 들여다본다. 언젠가 세월호의 아픔을 보여줄 완성품으로 만들어내고 싶다.

겸재 정선의 한양, 옥상화가 김미경의 서울

용감했다. 5년 전 인왕산이 들어간 동네 풍경을 한 장 달랑 그리고 나서는 〈신인왕제색도〉라고 딱 이름 붙였다.

그 후 서촌에 살며 이백 장 넘게 서촌 풍경을 그리는 동안 이 골목, 저 언덕에서 불쑥불쑥 겸재(1676~1759) 선생을 만났다. 그의 대표작들이 그려진 장소마다 그림과 함께 서 있는 표지판들. 2012년 옥인아파트를 허물고 수성계곡을 복원할 때 근거가 되었다는 그의 그림 〈수성동〉. 인왕산 수성계곡 바로 앞에 사는 덕에 수성계곡 입구에 붙은 〈수성동〉은 매일같이 본다. 마실 다니는 청운동 윤동주 동산에는 한양 시내를 내려다보며 그린 〈장안연우〉가, 서울농학교 안 언덕에는

*

2013년 처음 그려본 서촌 동네 풍경.
겸재의 〈인왕제색도〉를 떠올리며 그린 그림이라
〈신인왕제색도〉라고 이름 붙였다.
그리고 겸재 정선이 〈한양전경〉을 그렸다는
장소에 올라 같은 구도로 그려
〈신한양전경〉이란 제목을 붙였다.

〈신인왕제색도〉
2013년, 펜과 수채, 30.5×23cm

역시 한양 풍경을 그린 〈한양전경〉이 있다. 말년에 살았다는 옥인동 군인아파트에는 자신의 노년 모습이 들어가 있는 그림 〈인곡유거〉가 어린이 놀이터 한 귀퉁이에 붙어 있었다.

　　내 인생에서 처음 만난 그림은 큰언니 방 세계화가전집 속 서양화가들의 그림들이었다. 미대생이었던 큰언니 방에서 생활했던 나는, 피카소, 르누아르, 마네, 모네, 고흐, 고갱, 세잔, 밀레, 드가… 서양화가들의 화보집을 심심할 때마다 보고 또 봤다. 내게 '그림은 바로 서양화'라는 이미지를 확고하게 집어넣어준 게 그 화보집이었던 듯싶다.

　　어릴 적 겸재 정선이나 김홍도, 신윤복, 윤두서, 심사정 등 우리 화가들의 화보집은 단 한 번도 제대로 본 적 없었다. 4년 전 서촌 풍경을 그리기 시작했을 때까지도 나는 우리 땅 선배 화가들의 그림에 아무런 관심이 없었다. 내가 사는 우리 동네 풍경을 그리면서도, 고흐처럼, 에곤 실레처럼 뭔가 서양 분위기 풍기는 그런 그림을 그리고 싶었다. 서양화는 뭔가 세련되고 멋지고, 동양화나 한국화는 촌스럽고 재미없다는 생각이 내면에 깔려 있었던 것 같다.

　　〈인왕제색도〉 외에 겸재 선생의 그림에 대해 전혀 몰랐다는 사실을 한참 후에야 깨달았다. 뒤늦게 국립중앙도서관, 국립박물관, 겸재정선미술관, 리움, 간송미술관으로 겸재 그림을 찾아

〈신한양전경〉
2017년, 펜과 콜라주, 24.5×33.5㎝

다니다가 깜짝 놀랐다. 겸재가 〈인왕제색도〉 외에도 엄청나게 많은 그림을 그렸다는 사실도, 아주 새롭고 다양한 시선과 구도로 서울 풍경을 그려냈다는 사실도, 서울뿐 아니라, 금강산, 하양, 청하, 양천 등 전국의 풍경을 헤아릴 수 없을 정도로 많이 그려냈다는 사실도 몰랐다. 문인 화가도, 도화원 화가도 아닌 새로운 화가의 길을 열어젖힌 우리 역사상 첫 인물이라는 사실도, 팔십이 될 때까지 손에서 붓을 놓지 않은 진짜 화가였다는 사실도, 까맣게 몰랐었다. 그림을 보고 또 보면서 서촌 풍경을 그린다는 이유만으로 겸재에 비교될 때 우쭐댔던 게 창피해졌다.

3백여 년 전 나와 같은 공간을 그렸던 겸재. 겸재의 그림들에서는 몇 가지 특징이 발견됐다. 첫째, 그림 속의 시선과 구도가 아주 박진감 있고 다양하다. 인왕산 중턱에서 내려다보기도 하고, 인왕산과 북악산 사이에서 보기도 하고, 인왕산 동쪽 아래에서 확 위로 치켜 올려다보기도, 창의문 쪽에서 훑어보기도 한다. 둘째, 아주 재미나다. 그림 속에 자신이나 다른 사람을 등장시키기도 하는데, 산수화 속에 아리송한 스토리를 집어넣어 재미를 더한다. 셋째, 특정한 시점의 아름다움을 잡아채는 능력이 기발하다. 〈인왕제색도〉가 대표적이다. '제색'이란 '비가 온 후 갠 모습'이란 뜻이다. 솔직히 인왕산을 수십 번 그렸지만, 비가 온 후 갠 인왕산의 모습을 기억하지 못한다. 아니, 그때의 인왕산을 눈여겨본 적도 없다. 〈인왕제색도〉에서 겸재가 왜 인왕산 바위를 검정색으로 표현했을까 궁금했지만, 그냥 지나쳤었다. 인왕산을 보고 또 보고, 그리고 또 그렸던 사람만이 잡아챌 수 있는 아름다움이다. 오랫동안 비가 온 후 개었을 때의 인왕산의 찰나의 아름다움을 그려낸 게다.

서울 종로구 신교동 서울농학교 안 언덕배기, 인왕산 동쪽 자락, 그의 그림 〈한양전경〉이 그려졌다는 바로 그 자리에 앉아 며칠 동안 〈신한양전경〉을 그렸다. 〈한양전경〉이 그려진 해는 1740년이라니, 277년 전이다. 그림 속엔 남산 위에 탑도, 빽빽한 빌딩도 없다. 당시 허물어진 경복궁이 살짝 보인다. 세종의 왕자 영해군 당(瑭)의 10대손으로 판서를 지낸 이춘제의 옥류동 정자 '삼승정'과 이춘제가 그림 속에 있다. 그의 요구로 그렸음에 분명하다. 내겐 인왕산 자락 정자를 그려달라는 이가 없고, 내 흥에 겨워 그리므로, 이춘제 대신 옥상에서 춤추는 나를 오려넣었다. 2017년판 〈신한양전경〉이다.

겸재가 그린 자리를 찾아 앉아 그려보기를 당분간 계속해볼 참이다.

서촌 꽃밭 지도

　내 컴퓨터 속엔 '서촌 꽃밭 주소록'이라는 엑셀 파일이 하나 있다. 한 번씩 열어보며 혼자 흐뭇해하는 파일. 110번까지 번호가 매겨진 꽃 그림 이름 옆엔 꽃이 피어 있던 주소가 빼곡히 적혀 있다. 채송화(창성동 105-1번지, 사직동 311-46번지), 맥문동꽃(내자동 219번지), 분꽃(체부동 174-1번지), 맨드라미(누하동 122번지), 도라지꽃(통인동 48-6), 백일홍(통인동 37-2), 부추꽃(필운동 168)…. 2015년 일 년 내내 동네 꽃을 따라 그리다 만든 파일이다. '화가가 꽃만 그리면 되지 꽃이 피었던 곳의 주소가 무슨 의미가 있냐?'고 비웃는 사람도 많겠지만, 내겐 일기장처럼 소중하다. 틈날 때마다 동네를 돌아다니며 꽃 안부도 챙기고 파일 속 꽃 주소도 업그레이드한다. 뜨거운 여름 속으로 쑥쑥 빨려 들어가는 계절. 파일 주소 속 여름 꽃들이 잘 피고 있나 뒷짐 지고 동네 꽃밭 구경 가는 게 나만의 피서법이다.

"아빠하고 나하고 만든 꽃밭에/ 채송화도 봉숭아도 한창입니다/ 아빠가 매어놓은 새끼줄 따라/ 나팔꽃도 어울리게 피었습니다."

어릴 때 즐겨 불렀던 동요 〈꽃밭에서〉 가사에 등장하는 채송화, 봉숭아, 나팔꽃. 50대 이상 국민을 대상으로 가장 정겨운 꽃을 묻는다면, 1, 2, 3등을 나란히 차지할 것 같은 '추억의 꽃'. 서촌 구석구석에서 수줍게 피어나는 대표적인 여름 꽃이다. 옥인동, 누상동, 누하동 담벼락 여기저기 타고 올라가며 피는 나팔꽃을 제대로 보려면 아침 일찍 일어나야 한다. 늦잠 자고 나가 보면 꽃잎이 벌써 입을 앙 다물고 있다. 사직동 뒷골목 땅바닥에는 채송화가, 필운동 식당 골목 앞에는 봉숭아가 올해도 여전히 같은 자리에 곱게 피었다.

필운동 승동교회 마당 꽃밭엔 접시꽃이, 통인시장 후문 쪽 어느 집 밖 꽃밭에선 백일홍이 벌써 만발했다. 누하동 뒷골목, 창성동 꽃집 옆에선 맨드라미가 한창 꽃피울 준비에 바쁘다. 경복궁 영추문 건너편에 있는, 이효석의 동명 소설 제목을 딴 식당 '메밀꽃 필 무렵' 앞 화분에서는

*

꽃들이 순서에 맞춰
피고 지는 모습을 관찰하는 건
신비로운 교향곡을
듣는 기분이기도 하다.

〈누하동 족두리꽃〉, 2015년, 펜과 수채, 25×10㎝
〈명자나무꽃〉, 2015년, 펜과 수채, 25×10㎝

〈옥인동 큰으아리꽃〉, 2015년, 펜과 수채, 25×10㎝
〈필운동 부추꽃〉, 2015년, 펜과 수채, 25×10㎝
〈메밀꽃밭〉, 2015년, 펜과 수채, 25×10㎝

*
여름 서촌 골목에서,
길거리에서 볼 수 있는
대표적인 여름 꽃들이다.

〈창성동 수국〉, 2015년, 펜과 수채, 25×10㎝
〈옥인동 나팔꽃〉, 2015년, 펜과 수채, 25×10㎝

〈옥인동 능소화〉, 2015년, 펜과 수채, 25×10㎝
〈통인동 도라지꽃〉, 2015년, 펜과 수채, 25×10㎝
〈누하동 맨드라미〉, 2015년, 펜과 수채, 25×10㎝

메밀꽃도 자란다. 여름이 무르익으면, 쌀알 크기만 한 흰 꽃들이 뭉쳐 피어나기 시작할 게다. "도라지 도라지 백도라지/ 심심 산천에 백도라지/ 한두 뿌리만 캐어도/ 대바구니 스리살살 다 넘누나." 노래가 절로 나올 도라지꽃도 대오서점 건너편 한약방 앞에서 매년 보랏빛으로 곱게 피어난다. 참여연대 뒷골목에 있는 70년 된 한옥 담 밖 작은 꽃밭에서는 흰 도라지꽃이 피어날 게다.

　　서울 여느 꽃집이나 대로변 화단에서는 찾기 힘든 이들 '애틋한' 꽃들이 서촌에서 피어나는 건, 뒷골목 오래된 집에 사는 토박이 할머니들 덕분이다. 어린 시절 추억이 있는 꽃, 우리 땅에서 오래 함께 살아온 꽃, 산이나 들에서 자란 꽃, 화분이 아니라 골목이나 마당에서 자라는 꽃을 그리며 서촌 골목골목을 돌아다니다 알게 된 사실이다. 여름 꽃으로 장미보다 도라지꽃, 채송화, 봉숭아, 맨드라미가 더 정겹고 좋았던 할머니들이 집 앞에, 골목길에, 정성껏 가꿔왔던 것이다.

　　우리 옛 그림 속에는 어떤 꽃들이 그려졌을까 궁금해《유홍준의 한국 미술사 강의》에 실린 옛 그림들을 꼼꼼하게 살폈다. 역시 매화, 난초, 국화가 압도적으로 많았다. 이어 연꽃, 모란, 복숭아꽃, 진달래, 찔레꽃, 패랭이꽃 순이었다. 가장 풍성한 여름 꽃이 등장하는 그림은 신사임당의 〈초충도〉였다. 맨드라미뿐 아니라 다른 옛 그림에서 찾기 힘든 봉숭아꽃, 여뀌, 닭의장풀, 원추리도 등장한다. 하지만 옛 그림 속 꽃들이 어디에, 언제 핀 것들인지 궁금증을 풀어주는 그림은 쉽게 찾아보기 힘들었다.

오늘도 새로운 맨드라미를 발견해 앉아 그리면서 '서촌 꽃밭 주소록' 파일을 업데이트한다. 내가 그린 서촌 꽃 그림이 백 년쯤 후 2010년대 서촌에 피었던 꽃들에 대한 회화적 기록뿐 아니라 역사적, 식물학적 기록이 되지 않을까 혼자 우쭐해 하면서. 꽃들 뒤에 서촌 풍경을 집어넣는 방법도 좀 더 고민해봐야겠다.

진짜 동네 화가가 되어 '서촌 모델료' 내겠습니다

나는 동네 화가다. 서촌에 살면서 옥상에서, 길에서, 집, 골목, 나무, 꽃, 그리고 인왕산을 그려 먹고 산다. 한 친구는 "허허, 현대판 봉이 김선달일세. 대동강 팔아먹던 김선달처럼 서촌을 팔아먹고 사네" 하며 흉을 본다.

자신이 사는 동네를 그린 그림을 자화상처럼 정겹게 여기는 사람이 많다는 것도 동네를 그리고 나서 알았다. 동네 자하문로 9길 앞 네거리 풍경을 그린 〈신인왕제색도〉는 첫 서촌 풍광 그림이었다. '서촌 오후 4시' 전시회가 열리기 전, 그림 속에 등장하는 한 레스토랑 주인에게 그 그림을 팔기로 약속했다. 아무도 사지 않으면 어쩌나 걱정돼 미리 사달라고 부탁한 터였다. 그런데 전시장에 걸린 그 그림을 두고 뜻밖의 즐거운 경쟁이 벌어진 게 아닌가? '그림 속에, 지금은 사라졌지만, 제가 태어난 산부인과가 있어서.' '어릴 때 20년간 살았던 집이 보여서.' '팔순이 된 어머니가 그림 속 집에 살고 계셔서.' 그 그림을 갖고 싶어 하는 이유도 각양각색이었다.

　　동네를 5년쯤 그리고 보니 소소한 동네의 변화도 그림 속에 등장하게 됐다. 인왕산 수성계곡이 복원되고, 박노수미술관이 생기기 직전인 2013년 여름. 손으로 만든 문화용품을 파는 옥인상점 앞에서 그렸던 인왕산이 보이는 동네 풍경 〈옥인상점〉. 4년 만에 다시 그 자리에 앉아 그려봤다. 인왕산과 건물은 그대로지만, 오른쪽 '옥인상점'은 '옥인오락실'로 바뀌었고, 2013년 그림에는 없었던 '사이좋은' 카페가 왼쪽에 살짝 모습을 드러냈다. 2013년엔 그릴 엄두도 내지 못했던 행인들도 등장했다. 2014년 효자동 골목 백년 된 기와집을 그린 〈백 살 할머니집〉. 3년 만에 찾아가 봤더니 백 살 할머니는 돌아가시고, 집은 다른 주인에게 팔렸다. 그림 속에 등장했던 고추와 깻잎, 호박을 키우던 집 앞 화분은 흔적도 없이 사라져 휑했다.

　　매일 걸어 다니는 누하동 뒷골목에 늘 '한 번 그려야지' 하며 지나쳤던 곳이 있었다. 새로 단장한 예쁜 한옥과 버려진 듯한 적산 가옥이 멀리 보이는 인왕산과 묘한 조화를 이루는 풍경이

*

동네 구석구석이 모두
멋진 내 그림 모델들이다.

〈통인동 눈 오는 날〉
2017년, 펜, 33.5×24.5cm

〈눈 온 날 누하동〉
2018년, 펜, 33.5×24.5cm

〈봄 그림자 2〉, 2017년, 펜과 수채, 15×15㎝
〈봄 그림자 3〉, 2017년, 펜과 수채, 15×15㎝
〈고양이가 있는 서촌 풍경〉, 2017년, 펜과 수채, 15×15㎝
〈겨울이 가까이 온 날〉, 2017년, 펜과 수채, 15×15㎝

었다. 한참 그리고 있는데 지나가던 동네 사람 몇이 내 그림을 들여다보더니 외친다.

"오! 우리 집을 그리네! 하하!!! 우리 집이다! 우리 집 모델료 내세요!" 그림 오른쪽 귀퉁이에 그려지고 있는 집에 사는 사람이었다. 서로 마주 보며 씨익 웃는 것으로 끝났지만, 속으로 '정말 모델료 내야 하는 거 아닐까?' 하는 생각이 들었다. 동네의 아기자기한 속살과 선 굵은 변화를 제대로 그려내는 진짜 동네 화가가 되어 내 나름의 '서촌 모델료'를 내야겠다고 다짐해본다.

4부   소질은 혼자 자라지 않는다

〈광화문 광장 춤〉
2018년, 펜, 25×16㎝

내 그림도 자유로워지겠지

길거리에서 춤추는 내 영상을 보고, 한 잡지사에서 연락이 왔다. 'I Just Wanna Dance!'라는 특집 기사를 기획했고, 자유롭게 막춤 추는 나를 취재하고 싶단다. 그림 그리는 사람이 아니라, 춤추는 사람으로 취재를 당하는 건 처음이었다. "어떻게 그렇게 자유롭게 춤을 추는 거죠?" "언제부터 춤을 추기 시작한 겁니까?" "왜 춤을 추는 거죠?" "춤이 당신 인생에서 어떤 의미를 갖는 겁니까?" 이어지는 질문에 당황스러웠다. 내가 정말 춤을 잘 추나? 내게 춤이 도대체 뭐지? 왜 내가 춤을 이렇게 열심히 추는 거지? 언제부터 내 손이 위로 쭉쭉 올라가고 고개가 뒤로 휙휙 젖혀졌지?

맞다. 회사를 그만두고부터다. 내 생각이나 감성보다는 회사 전체의 이익과 비전을 위한 생각으로 살아야 했던 회사원 생활. 눈뜨자마자 회사로 직행하고, 회사일 걱정으로 매일매일을 보내던 생활을 접고, 내 생각으로, 내 감성으로 살면서부터다. 내 손발을 꽁꽁 묶어두었던, 눈에 보이지 않는 큰 동아줄이 끊어졌다. 팔이 살짝 움직여졌다. 집을 팔고 남은 생은 전월세살이로 살다 가겠다는 생각을 한 것도 한몫했다. 경기도에 터 넓은 허름한 집 한 채가 있었다. 받아둔 전세 보증금을 다 써버려 그 돈을 마련하기 전까지는 들어갈 수 없었던 집. 담보로 은행 빚도 잔뜩 있던 집. 운 좋게 적당한 임자가 나서자마자 팔았다. 전세보증금을 내주고, 은행 빚도, 또 다른 빚도 다 갚았다. 본격적인 전월세살이를 시작했다. 죽을 때까지 집 없이 산다! 전세 보증금을 올리면 보증금이 더 낮은 곳으로 이사가 살다가 죽는다! 이렇게 마음먹고 나니 다리가 쭉쭉 뻗어졌다.

또 하나. 오른팔 전체에 큰 꽃무늬 타투를 한 것. 태어날 때부터 오른팔에 빨간색 큰 점이 있었다. 엄지손톱만 한 크기였다는데 자라면서 자꾸자꾸 커졌다. 고등학교 시절에는 하복 윗도리 소매를 긴 소매로 따로 맞춰 입고 다닐 정도로 콤플렉스가 심했다. 여름에 아무리 더워도 팔 없는 민소매 원피스를 입지 않고 꽁꽁 숨기고 다녔다. 2년 전 그 창피해 했던 빨간 점을 이용해

*

내가 자유로워지는 만큼, 내 춤이, 내 그림이 자유로워진다는 걸 느낀다.

광화문 광장이든, 서촌 골목길이든, 어디든 춤추는 무대가 된다.

<인왕산 수성계곡 춤>, 2018년, 펜, 36×26㎝
<종로 춤>, 2018년, 펜, 36×26㎝

〈광화문 횡단보도 춤〉
2018년, 펜, 26×36cm

〈서촌 골목 춤〉
2018년, 펜, 36×26cm

팔 전체에 꽃 그림 타투를 했다. 내가 그린 꽃 그림을 타투니스트에게 주고 팔에 꽃 그림을 새긴 셈이다. 그때부터였던 것 같다. 쭈욱 쭈욱 팔이 위로 뻗어 올라갔다. 무의식 속에서 내 팔을 숨기고, 아래로 잡아당겼던 끈이 탱! 하고 끊어지는 소리가 선명하게 들렸다.

"어떻게 춤을 이렇게 멋대로, 함부로, 잘 추느냐고요? 제 의식을, 무의식을 묶고 있던 억압의 끈들을 하나씩 풀어줬더니 몸이 저절로 움직이기 시작했습니다. 제 춤은 제가 자유로워지는 만큼 추어지는 것 같아요. 딱 그만큼이요. 제 그림도 그만큼씩 그렇게 자꾸 자유로워졌으면 좋겠어요."

큰 목소리로 힘차게 대답했다.

춤처럼 사는 날을 꿈꾸며

한 모임에서 돌아가며 자기소개를 하는데, 진행자가 '나는 요즘 ○○○에 꽂혀 있다'는 걸 꼭 집어넣어 말해달란다. 요즘 내가 꽂혀 있는 거? 옥상인가? 꽃인가? 인왕산인가? 아하, 그 남자? 내 순서가 돌아올 때까지 곰곰이 생각하다가 무릎을 탁 쳤다. '길거리에서 춤추기!' 내가 요즘 꽂혀 있는 건 바로 길거리에서 춤추기다. 아무데서나 춤추기!

단단히 났다. 춤바람이.

'장바구니 들고 카바레로!'가 아니라 '화구 가방 메고, 산으로, 들로, 도로로!'다. 미국 살 때 라인댄스를 열심히 추던 한 친구가 행복해지고 건강해지고 예뻐진 모습이 보기 좋아 언젠가

*

춤추는 사진을 이리저리 잘라
옥상도 위에 놓아 보며 놀다가
이것도 재미난 그림이 되겠다 싶었다.
아직은 춤추는 모습을
〈서촌옥상도〉 속에 녹이기 힘들어서,
아직은 춤추는 듯한 〈서촌옥상도〉를
그려내기 힘들어서 말이다.

〈춤추는 통인동〉
2017년, 펜과 콜라주, 33.5×24.5㎝

춤을 배워야지 생각한 적은 있지만, 이렇게 센 늦춤바람이 날 줄은 몰랐다. 춤을 배우고 춘 지는 4년째지만, 길거리에서, 산에서, 들판에서, 추기 시작한 건 최근이다.

어느 날 '두 발 디딜 수 있는 곳은 모두 춤출 수 있는 무대가 아닐까?'는 생각이 들었다. 갑자기 횡단보도, 상점 앞, 골목 앞 느티나무, 큰길 가 가로수, 건물 계단, 도보, 하늘… 모든 공간이 재미나고 색다른 무대로, 무대장치로 보이기 시작했다. 횡단보도에서 신호가 바뀌기를 기다리면서 혼자 하늘을 향해 팔을 뻗고 대기 자세를 취한다. 신호가 바뀌면 귀에 꽂은 이어폰 음악에 맞춰 하늘로도, 땅으로도, 옆으로도, 이리저리 팔과 다리를 쭉쭉 뻗으며 빙그르르 돌며, 천천히, 가끔씩은 폴짝폴짝 뛰며 횡단보도를 건너간다. 영화 속 한 장면이 눈앞에서 펼쳐진다. 지나가는 사람들의 의아한 표정, 바쁜 걸음걸이, 깜빡이는 신호등, 줄지어 서 있는 자동차 운전석에 앉은 사람들, 바람에 잎을 살랑살랑거리는 가로수들, 하늘, 구름, 저 멀리 건물들, 가로등들…. 모두 내 춤과 음악과 함께 넘실댄다.

광화문 광장은 온통 살아 있는 무대장치다. 세월호 아이들의 얼굴 그림에 입을 맞추면서 울며 춤추고, 바닥에서 물을 뿜는 분수대 속에 들어가 흠뻑 젖어 깔깔거리며 춤춘다. 초파일 하

〈춤추는 서촌〉
2017년, 펜과 콜라주, 33×53㎝

루 전날 밤에는 광장에 설치된 미륵사지 석탑 모양의 연등을 무대장치로, 조명으로, 신나게 춤췄다. '미친 여자가 틀림없어!' 하며 바라보는 '쯧쯧쯧~' 시선이 뜨겁긴 하지만, "왜 길거리에선 똑바로 걸어야만 하는 거야?" 하고 중얼거리며 참아낸다. 어릴 때 폴짝폴짝 뛰며 걸었던 기억까지 새롭게 떠올린다. 팔을 앞뒤로 휙휙 내두르며 폴짝폴짝 뛰어가다가, 길거리 여기저기 있는 돌멩이도 뻥뻥 차다가, 어쩔 땐 엄마 아빠가 양손을 하나씩 잡아 하늘 높이 몸뚱이 전체를 올려주기도 했다. 그 동작들을 돌이켜보니 모두 춤이었던 것 같다. 그런 동작을 어른이 되면서 하나씩 하나씩 잃어버린 게 아닐까? 왜 미친 여자 같다는 사람들의 눈흘김을 받으면서, 나는 길거리에서 춤추고 싶은 걸까? 도시 생활 속에서 거세되어버린 자연성을 회복하고 싶은 갈망이 근본적인 이유가 아닐까 생각해본다. 옥상에 올라 인왕산과 북악산을 마주 보며 그림 그리는 이유와 마찬가지로 말이다.

매일매일 옥상에 올라 혼자 그림 그리다가, 팔 아프면 춤추다가, 또 그림을 그리다가, 또 춤춘다. 내 그림 속에 춤을 어떻게 녹여낼 수 있을까? 춤추며 횡단보도를 건널 때의 그 도시 속에서 문득 원시를 만나는 그 황홀한 느낌을 어떤 구도로 그려낼 수 있을까? 춤처럼 좀 더 자유로운 그림을 그릴 수는 없을까? 춤처럼 내 그림이 좀 더 솔직해질 수는 없을까? 이것이 요즘 내 그림의 가장 큰 고민거리가 됐다. 아직은 어떻게 표현해야 할지 잘 모르겠다. 내 그림 속에서 춤이 더 무르익어 녹아나는 날을 꿈꾼다. 내 그림이 춤처럼 좀 더 솔직하고, 좀 더 자유로워지는 날을 꿈꾼다.

느슨하게 걷기

초분 단위까지 쪼개 살아야 했던 직장인 시절 '느슨하게 걷기'는 대표적인 시간 낭비였다. 택시를 타거나 운전을 해서 무조건 빨리빨리 이동해야 했다. 운전할 때는 앞차 뒤차 신경 쓰느라 정신이 없었고, 택시 탈 때도 미리 못 챙긴 자료를 훑느라 혼이 나가 있었다. 창밖에 어떤 풍경이 펼쳐지는지 쳐다볼 겨를은 당연히 없었다. 처음 그림을 그리기 시작했을 때도 마찬가지였다. 걷기는 시간 낭비였다. 어떻게 하면 빨리 구도 좋은 곳에 자리 잡고 앉아 더 오래오래 그림을 그릴까만 궁리했다. 더 오랫동안, 더 많이 그려야 더 잘 그릴 것 같았다. 야근을 밥 먹듯 하던 게 습관이 된 터라 하루 8시간이 아니라, 10시간, 12시간씩 그렸다.

*

천천히 걷다 보면, 새로운 풍광들이 보이기 시작한다.

〈서촌 오후 2시〉
2018년, 펜, 15×30㎝

한참 그러다 체중이 늘고, 무릎 인대가 나가고, 오십견으로 팔을 움직일 수 없게 되고 나서야 걷기 시작했다. 하루 2~3시간씩 매일매일 걸었다. 걸으면서 주변 풍경이 조금씩 보이기 시작했다. 그리고 싶은 새로운 풍경이, 새로운 구도가 하나둘씩 눈에 들어오기 시작했다. 느슨하게 걷기는 더 이상 시간 낭비가 아니게 됐다. 그림의 소재와 구도를 풍성하게 해주는 소중한 시간으로 변해갔다. 건강은 덤으로 얻었다.

시간 낭비하지 말고 열심히 공부해라, 시간 낭비하지 말고 열심히 일해라, 시간 낭비하지 말고 빨리 취직해라, 결혼해라. 세상에서 가장 나쁜 일로 치부되는 '시간 낭비' 하지 않으려고, 빨리 빨리 빨리 쉰네 살까지 서둘며 살았다. 아이러니하게도, 요즘은 시간 낭비로 생각했던 일만 주로 하며 산다. 그림 그리는 일, 춤추는 일, 멍하게 꽃 보며 앉아 있는 일, 옥상에서 새 관찰하는 일, 그리고 무작정 여기저기 걷는 일….

버스정류장에서 친구를 기다리고 있었다. 5분이 지나고, 10분이 지났는데 오지 않는다. 살짝 화가 나려는 순간. 우연히 고개를 젖혀 하늘을 올려다봤다. 햇빛을 받아 반짝이는 가로수 잎들이 지나가는 바람에 흔들리고 있었다. 귀 기울이니 찰랑찰랑 잎사귀들끼리 부딪히는 소리도 들린다. 수줍게 몸을 흔들며 춤추는 듯도 했다. 친구는 30분이나 늦게 도착했지만, 화나지 않았다. 그 후로 약속에 늦는 사람을 기다릴 땐, 고개 젖혀 하늘을 본다. 구름을 쫓아다니거나 바람 소리에 귀를 쫑긋 기울인다. '이렇게 남의 시간을 낭비하게 하다니!' 하던 심술스런 맘이 언제부턴가 싹 사라졌다.

　　세상에 낭비되는 시간은 없다.

당신의 꽃을 그려드립니다

얼굴 캐리커처를 그려 척척 선물하는 화가 친구들이 참 부러웠다. 나도 빨리 얼굴을 그려 선물하면 좋을 텐데 싶었다. 하지만 막상 백 시간 정도 천천히 그린 그림을 선뜻 선물하기는 쉽지 않았다. 그래도 작은 꽃 그림은 줄 수 있을 것 같았다. '당신만의 꽃 그려주기'. 작지만 세상과 나누는 아주 소박한, 그림 그리는 나만이 할 수 있는 작은 선물이다.

2015년 동네에 핀 꽃 백 개를 따라 그릴 때 SNS에서 '당신의 꽃을 그려드립니다' 이벤트를 처음 시작했다. 좋아하는 꽃, 특별한 사연이 있는 꽃 이야기를 올리면 2명을 선정해 직접 찾아가 그 꽃을 그려 선물하는 이벤트였다. 마감 시간 1분여를 남기고 사연 하나가 올라왔다.

"옥인동 비무장지대에 핀 꽃을 그려주세요. 동네에 꽃 이름의 가게가 하나 있습니다. 저는 그 가게와 20센티미터 붉은 벽돌을 같이 쓰고 있고, 비무장지대처럼 사계절 꽃들은 말없이 꽃을 피웁니다. 어떤 사정으로 그분과 저는 크게 다투고 지난여름부터 왕래를 하지 않습니다. 그 가게에서 피는 꽃을 그려주세요. 화해라는 꽃말을 붙여 그분께 전하고 싶습니다."

층간 소음 문제로 다툰 동네 이웃과의 화해를 위해 꽃을 그려달라는 주문이었다. 다음날 아침 가게 앞으로 달려가 예쁜 '쇠비름채송화'를 그렸다. 이웃 간의 화해를 만들어낸 최초의 꽃그림이었을 게다.

전남 해남에서 고구마 농사를 짓는 박정주 님 사연도 너무 재미있었다.

"저는 해남에서 고구마 농사를 짓는데요. 이 고구마가 밉기도 하고 고맙기도 해요. 고구마 유통한다고 해남 내려왔다가 농사를 짓기 시작했는데 참 힘드네요. 한마디로 말해 웬수 같지만 고마운 꽃이지요."

해남까지 달려 내려가 고구마 밭을 헤쳐 그려 선물했다. 고구마꽃은 꽃이 많이 피지 않아 오후 내내 동네 고구마 밭을 샅샅이 뒤져 겨우 찾았다.

*
인생에 소중한 꽃을 그려 보내주는
'당신의 꽃을 그려드립니다' 이벤트는
내 작은 그림 선물이다.

〈창성동 맨드라미 2〉
2016년, 펜과 수채, 53×33㎝

〈인왕산 접시꽃〉
2016년, 펜과 수채, 33.5×24.5cm

〈누상동 나팔꽃〉
2016년, 펜과 수채, 33.5×24.5cm

2017년 신문에 칼럼을 연재할 때도 '당신의 꽃을 그려드립니다' 이벤트를 했는데, 재미있는 사연이 많았다.

'어린 시절 같은 학년의 부잣집 남자애 집에서 셋방살이를 했다. 창고를 개조해 양철 여닫이문을 열고 들어가면 바로 부뚜막, 그걸 딛고 올라가면 어른 두어 명 누울 수 있는 쪽방에서 살았다. 학교만 가면 주인집 아들이 '은주는 우리 집 창고에서 산다'고 놀려댔다. 그 친구를 흠씬 때려주고 선생님께 크게 혼나기도 했다. 그러던 어느 날, 퇴근길에 아버지가 앙상한 나무 한 그루를 안고 오셨다. 양철 여닫이문 앞에 손바닥만 한 화단을 만들어 그 나무를 심고 그 옆에 채송화도 심으면서 아버지가 말했다. "이 석류나무가 네 키보다 크면 우리 집으로 이사 갈 것"이라고. 그래서 그때부터 매일 밤 자면서 기도했다. "내 키는 이대로 크지 않고 석류나무만 어서 쑥쑥~! 자라게 해달라고…."'

"30년도 더 된 이야기예요. 우리는 경북 영주시에 살았는데 영주역전에는 중앙선을 타고 오는 해물과 인근의 농산물이 펼쳐지는 '번개장'이 섰답니다. 네댓 살이 된 딸과 장에 가는 길에 접시꽃이 붉게 피었어요. 저는 쫄랑쫄랑 걷는 아이에게 '저게 접시꽃이다'라고 말해주었습니다.

산책 삼아 번개장을 도는 데 한 시간 남짓 걸렸죠. 돌아오는 길에 다시 접시꽃 옆을 지나며 물었더니 아이가 대답했습니다.

"음~ 그릇꽃!"

그 뒤로 우리에게 그 꽃은 그릇꽃이 되었습니다. 딸이 집을 떠나 산 지 16년, 저는 해마다 그해 처음 만나는 그릇꽃 사진을 찍어 보내고 딸은 '그릇꽃'이라는 답신을 보냅니다. 올해 같은 가뭄에 그릇꽃은 어찌 이리 고운 색을 내는지 장하기도 하지요. 저에게 그릇꽃 한 점 주시면 사랑과 그리움의 증표로 제 딸에게 바치고 싶습니다."

접시꽃을 그릇꽃으로 기억하고, 그 추억을 이어가는 이야기가 너무 사랑스러워 뽑았는데, 동네 여기저기 길쭉한 키를 자랑하며 피어있던 접시꽃이 거의 다 져버려 인왕산까지 올라갔던 기억도 난다.

원하는 사람 모두에게 쓱쓱 그려줄 순 없지만, 내가 그림을 그리는 한 '당신의 꽃을 그려드립니다' 이벤트는 계속 이어가고 싶다. 뚜벅뚜벅 찾아가 '당신만의 꽃'을 그려 안겨주는 '뜻밖의 기쁨'을 선물하는 그런 화가이고 싶다.

그림 친구 은혜 씨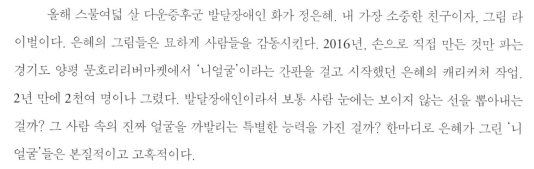

올해 스물여덟 살 다운증후군 발달장애인 화가 정은혜. 내 가장 소중한 친구이자, 그림 라이벌이다. 은혜의 그림들은 묘하게 사람들을 감동시킨다. 2016년, 손으로 직접 만든 것만 파는 경기도 양평 문호리리버마켓에서 '니얼굴'이라는 간판을 걸고 시작했던 은혜의 캐리커처 작업. 2년 만에 2천여 명이나 그렸다. 발달장애인이라서 보통 사람 눈에는 보이지 않는 선을 뽑아내는 걸까? 그 사람 속의 진짜 얼굴을 까발리는 특별한 능력을 가진 걸까? 한마디로 은혜가 그린 '니얼굴'들은 본질적이고 고혹적이다.

은혜와 내 우정은 25년쯤 됐다. 은혜의 엄마인 장차현실과 내가 30대 만화가와 신문 기자

*

북한강변 문호리리버마켓에 있는 발달장애인 화가 정은혜의 텐트.

값싼 흰색 나일론으로 만들어졌지만, 뒤쪽의 겨울나무들이 수호해주는 우아한 성전처럼,

황홀한 갤러리처럼 보였다.

〈은혜 갤러리〉
2017년, 펜, 24.5×33.5cm

로 처음 만났을 때다. 〈한겨레〉 신문에 삽화를 그리던 장차현실은 누가 봐도 다운증후군인 걸 알아차릴 딸 은혜를 씩씩하게 데리고 다녔다. 장애인 자녀를 공공장소에 데리고 다닌다는 것 자체가 기사거리가 되던 시절. 그들의 이야기를 기사로 쓰면서 은혜와도 친해졌다. 20여 년을 훌쩍 넘어 그 은혜가 그림을 그리기 시작했다. 우연히도 내가 직장을 그만두고 본격적으로 그림을 그리기 시작한 시기와 은혜가 그림을 그리기 시작한 시기가 꼭 맞물렸다. 우리는 닮은 점이 더 있다. 전문적인 미술 교육을 받지 않았다는 점, 하루 종일 그림만 그리며 산다는 점, 주로 집 밖에서 그린다는 점, 그림 그리기가 인생을 바꾸었다는 점, 단색화를 그린다는 점(나는 펜, 은혜는 연필), 그림 팔아 기초생활비는 번다는 점, 김봉준 화백으로부터 '화가 되세요!'라는 글씨를 받았다는 점…. 끝이 없다.

　　나도 그림을 그리면서 좀 착해지긴 했지만, 은혜에게선 더 드라마틱한 변화가 나타났다. 자신의 외모에 대한 사람들의 시선을 불편해 하던 은혜의 '시선 강박'과 '조현 현상'이 거의 사라진 것이다. 이상한 눈길을 보내던 얼굴들 대신 예쁘게 그려달라고 방긋방긋 웃으며 은혜를 바라보는 2천여 명의 얼굴이 은혜 앞에 앉아주었기 때문이었다. 그림 그려달라고 앉아 있는 사람들에

게 은혜의 덕담은 이어진다. "아주 멋지게 생기셨군요!" "너무 예뻐요!" "참 잘생겼어요!" 은혜
에게 그림 그리기는 강력한 '치유'였다. 지난겨울 우리 집에 놀러온 은혜에게 물었다.

"은혜야! 그림 그리면 좋아?"

"응! 재미있어! 다시 태어나도 그릴 거야!"

은혜와 함께 가는 그림 그리는 길. 외롭지 않다.

오로지 그림 그리는 즐거움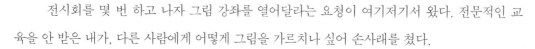

전시회를 몇 번 하고 나자 그림 강좌를 열어달라는 요청이 여기저기서 왔다. 전문적인 교육을 안 받은 내가, 다른 사람에게 어떻게 그림을 가르치나 싶어 손사래를 쳤다.

2017년 봄. 협동조합으로 만들어진 집 근처 '사이좋은 카페' 친구들과 인왕산 꽃 그리기 모임을 해보기로 의기투합했다. 인왕산에서 혼자 꽃 그리며 느끼던 쏠쏠한 재미를 친구들과 나누자는 마음에서였다. 카페와 SNS를 통해 사람들을 모았다. 첫 모임은 '진달래 그리기'로 정했다. 4월 중순. 10명 남짓 모인 친구들과 수성계곡을 따라 올라갔다. 갑자기 사방이 분홍빛으로 찰랑찰랑대는 곳. 바위 여기저기에 진달래가 무리지어 핀 곳에 다다랐다. 떠들며 걷던 친구들도 발길

*

봄철 인왕산으로 함께 올라가

숲속 바위틈에 숨어 핀 진달래를

숨죽여 바라보는 경험을 하게 하는 것.

그게 내 그림 강좌의 전부다.

〈인왕산 진달래 10〉
2016년, 펜과 수채, 24.5×33.5cm

을 멈추고 숨소리를 죽인다.

"여기예요. 여기서 저 혼자 앉아 그려요. 숲속 바위틈에 숨어 핀 진달래를 하염없이 바라보고, 찬찬히 꽃술이며 투명한 잎을 그려나가는 재미를 느껴보는 거. 그게 오늘 그림 강좌의 전부예요!"

하나둘씩 자리 잡고 앉아 그리기 시작했다. "고등학교 졸업하고 그림은 처음 그려보는데!" "꽃을 어디서부터 그리는 게 좋죠?" "어느 꽃을 그리는 게 더 쉬울까요?" 이런저런 질문을 쏟아내던 친구들이 몇 분 후면 조용해진다. 한두 시간을 훌쩍 넘길 동안 아무도 말이 없다. 각자 그린 그림을 들고 한 자리에 모일 때면, 각자 숨어서 진달래와 딥키스를 하고 난 듯 상기된 얼굴이었다. 이 모임은 5월 애기똥풀꽃, 7월 능소화, 8월 여뀌, 11월 산국을 그려 12월 한 달 동안 사이좋은 카페에서 '인왕산꽃이 피었습니다'라는 제목의 작은 전시회를 열기도 했다.

10년쯤 후면 나도 다른 사람에게 그림을 가르쳐줄 수 있을까? 글쎄다. 인왕산, 건물 옥상, 골목길… 내가 그림 그리던 곳에 함께 가서 그림 그리는 즐거움에 쑥 빠지게 해주는 것, 그것만이 내가 가르쳐줄 전부일 것 같다.

그림 그리고 싶은 마음이 소질이다

그림 그리러 나가는 길에 동네 할머니 한 분을 만났다. 4년 전 그린 적 있었던 70년 된 한옥집 주인이었다. 대문 앞 골목길에 앉아 그림을 그리는 나를 신기한 듯 구경하고 집 안으로 데리고 가 따뜻한 차도 여러 번 끓여줬었다. 과하게 반가워한다 싶어 갸우뚱하는데, 흥분한 목소리로 말했다.

"나 그림 배우기 시작했어요! 그림 교실에 나간 지 벌써 6개월 됐어요! 너무너무 재미있어요!"

올해로 일흔일곱인 김희숙 씨. 휴대폰을 열어 그동안 그린 그림들을 보여준다. 주전자, 단

4년 전 그렸던 김희숙 할머니 집 앞 풍경이다.

이 그림을 그리던 내 모습이 부러워

일흔일곱의 김희숙 할머니가 그림 그리기를 시작했다.

〈여름 끝자락〉
2014년, 펜, 23×30.5cm

지, 강아지 인형…. 명암을 넣어 잘 그렸다. 평생 그림이라곤 한 번도 그려본 적 없었던 김 할머니는 골목에 앉아 할머니 집과 할머니가 가꿔놓은 담 밖 화단의 도라지꽃, 채송화를 그리던 내 모습이 그렇게 부러웠단다. "나도 젊었을 때부터 그렸으면 저렇게 그릴 텐데. 헛살았다 싶더라고요. 우연히 종로문화센터에 들렀다가 그림 수업을 보고는 덜컥 신청해버렸죠." 일주일에 한 번 있는 그림 수업이 이젠 할머니의 가장 큰 즐거움이 됐단다. 덩달아 나도 흥분해 할머니 그림들에 폭풍칭찬을 퍼부었다.

그림 그리고 싶어 하는 사람이 이렇게 많은 줄 몰랐다. 내 전시회에 와서 오래오래 그림을 보고 뭔가 이야기 나누려는 사람들. SNS에 올린 그림에 '좋아요'를 누르는 데 그치지 않고, 꼭 만나보고 싶어 하는 사람들. 처음엔 '내 그림이 이렇게 인기가 좋구나!' 싶어 우쭐했는데, 그게 아니었다. 그들의 관심은, 그들 속에 있는 '그림 그리고 싶은 욕망'을 다른 식으로 표현한 것이었다. 미술대학을 나오지 않고도 그림 그리며 살고 있어서인지, 내 존재가 '나도 저 정도는 그릴 수 있지 않을까?' 하는 용기를 갖게 해주는 것 같다. 이젠 다가오는 사람들에게 먼저 "그림 그리고 싶으시죠?"하고 묻기도 한다. 70~80퍼센트는 숨겨둔 비밀을 들킨 것처럼 고백한다. "그림 그리고 싶어요. 잘 그리고 싶어요." "선 긋는 것부터 시작해야지요?" "지금 나이에 시작한다고 될까요?" "그림 잘 그리는 건 타고나야겠죠?" "저는 소질이 없어서 말이에요." "소질이 있는 사람은 참 좋 겠어요! 부러워 죽겠어요!"

그럴 때마다 말한다. "그림 좋아하는 마음, 그림 그리는 사람이 부러운 마음, 그림 그리고 싶은 마음이 바로 소질인 것 같아요. 30여 년 전 어른이 되어 처음 그림을 그리기 시작했을 때, 저 정말 너무 못 그렸어요. 못 그린 게 아니라 제가 그려낸 그림들이 창피했어요. 그래도 그리고 싶 은 마음이 가득해서 자꾸자꾸 그렸어요. 소질은 혼자 자라진 않는 것 같아요. 그리는 게 소질이라 는 나무에 물을 주고 거름을 주는 일이라고 생각해요. 자꾸 물주고 다듬어주다 보면 어느새 무럭 무럭 자란 나무를 만날 거예요."

김희숙 할머니의 팔순 잔치는 그림 전시회가 되길 꿈꿔본다.

나 혼자 그린 그림은 없다

"빨리 좀 죽어라!! 너 그림 값 좀 쑥쑥 오르게! 하하하."

"너 그림 값 더 오르기 전에 그림 많이 사둬야 할 텐데!"

그림을 그리면서 친구들로부터 자주 듣는 이야기다. 농담이지만, 그림과 돈의 관계에 대해 여러 생각을 하게 한다. 내 그림이 여기저기를 떠돌면서 비싸게 팔리는 날이 올까? 비싸게 팔린다면 과연 기분이 좋을까? 그림 값 오르는 게 내가 그림 그리는 목표일까?

첫 개인 전시회를 열기 전 속마음은 '내 그림을 돈 내고 사줄 사람이 이 세상에 단 한 사람이라도 있을까?'였다. 작은 그림은 30~50만 원, 큰 그림은 1백~1백 30만 원으로 가격표를 붙

*

'이 고비만 지나면 괜찮겠지~' 해도, 늘 새로운 파도가 밀려왔다.

이젠 파도가 바다를 아름답게 만든다는 걸 알게 됐다.

내 그림을 만드는 것도 힘겨운 파도였음을, 함께 바다를 보는 사람들이었음을 깨달아간다.

〈양양바다 춤〉
2018년, 펜, 26×36cm

이면서 엄청 떨었다. 그런데 내놓은 그림 50여 점이 몽땅 팔리는 게 아닌가? 두 번째 전시회에는 작은 꽃그림 100여 점에 각각 15만 원짜리 가격표를 붙여 내놓았다. 또 몽땅 팔렸다. 세 번째 전시회에 내놓은 60여 점까지 몽땅 팔려 '완판녀'라는 별명까지 얻었다. '완판의 흥분'은 꽤 오래갔다. 하지만 몇 년 동안 밤낮없이 그리며 애지중지 끼고 살았던 자식 같은 그림들이 몽땅 팔려나간 허전함도 만만찮았다. 그 와중에 두 가지 의문이 떠올랐다.

'적정한 그림 값이라는 게 과연 얼마일까?'가 첫째다. 한 점이라도 팔릴까 싶었다가 다 팔리니까 '이렇게 잘 팔릴 줄 알았으면 그림 값을 좀 더 높여 붙여둘 걸!' 싶은 욕심도 솔직히 들었다. 뒤집어보면 그림 값이 비쌌다면 내 그림이 과연 그렇게 팔렸을까? 《그림 값의 비밀》이라는 책에서 한국예술종합학교 미술원 양정무 교수는 이렇게 쓰고 있다.

"얼마를 지불하면 좋은 그림을 살 수 있을까? 미술과 관계된 일에 종사하는 사람이라면 자주 듣는 질문 중 하나다. 그럴 때 나는 1,000만 원이라고 답하곤 한다. 이름이 알려진 작가의 그림 중 거실에 걸어놓을 만한 50호(캔버스 사이즈 116.8×91cm) 정도의 유화 작품 가격이 그 선에서 거래되기 때문이다. '그림 값=도시근로자의 월평균소득×2'라는 공식을 일찍부터 끄집어낼 수 있을 것 같다.”

　도대체 우리나라에서 50호짜리 그림을 걸어둘 만한 규모의 거실을 가진 사람이 몇 명이나 될까? 1천만 원짜리 그림을 살 수 있는 사람은 전체 인구의 몇 퍼센트나 될까? 보통 사람에게 1천만 원짜리 상품이라면 매일매일 사용하면서도 10년 이상 쓰는 자동차 정도의 효용가치가 있어야 한다. 그림 한 장에서 10년 이상 매일매일 사용하는 자동차와 비슷한 만큼의 효용가치를 느낄 사람은 어느 정도의 부와 심미안을 가진 사람일까? 결국 ‘좋은 그림’은 최상층만이 구매할 수 있다는 걸 전제한 글이 아닐까?

　둘째 의문은 ‘그림이 왜 사적인 공간 속으로 들어가야만 할까?’였다. 200여 점의 그림이 순식간에 내가 알지 못하는 다른 집 방으로, 거실로 숨어 들어가 존재한다는 사실이 아주 낯설었다.

　음악, 영화, 문학 등 다른 예술과 비교할 때 그림은 세상에 단 한 점만 존재한다는 특성을 갖는다. 물론 책도 초고 원고가, 음악도 작곡가가 직접 그린 악보가 있다. 음악회, 연극, 춤도 1회적인 공연의 형태로 존재하긴 한다. 하지만 무한복제가 가능한 현 시대에 동일한 종이나 캔버스에 그려진 같은 크기와 질감, 구도, 명도, 채도의 그림은 세상에 단 한 장만 존재한다. 엄청나게 비싼 그림 값이 존재하는 근본적인 이유는 이 '희소성'에서 출발하는 듯싶다. 세상에 오직 단 하나뿐인 그림이니까 비싼 게 당연할까?

　　내 꽃 그림을 보고 사람들이 예쁘다고 할 때마다 속으로 찔렸다. '제가 잘 그려서 예쁜 게 아니라요. 꽃이 예뻐서 그림이 예뻐 보이는 거예요.' 모델이 된 꽃들은 내게 초상권을 요구하지도 않는데, 꽃 그림을 비싼 값에 판다면 꽃에게 너무 미안할 것 같았다. 꽃은 비싼 에어컨도, 고급 청소기도 원하지 않는데, 그 돈으로 꽃에게 자동차를 선물해줄 수도 없고 말이다.

　　나 혼자 그린 그림은 없다. 엄마 아버지의 힘, 딸의 힘, 역사의 힘, 바람의 힘, 인왕산의 힘, 진달래의 힘, 가족들의 힘, 친구들의 힘, 애인의 힘, 종이 만드는 노동자의 힘, 힘힘힘… 수억만 가지의 힘이 내 손으로 녹아들어 그린 그림이다. 그 그림을 비싼 값에 팔아 부자가 된다면 반칙이 아닐까? 내가 먹고 살 만큼의 가격을 매겨 팔아먹고 사는, 소박한 화가로 살다 가고 싶다.

세상 절절한 모든 것이 '아트'다

"난 압화 취미 없어. 살아 있는 거 박제 만드는 거 싫어."

압화 전시회에 가자는 제안에 한 친구가 한 대답이었다. 솔직히 나도 꽃을 눌러 말려 코팅하는 압화를 덮어놓고 싫어했다. 꽃한테 미안하기도 하고, 꽃을 그리지 않고 눌러 붙여 작품이라고 주장하는 게 말이 되나 싶었다. 그런데 찾아간 전시장에서 새로운 구도와 의미를 진지하게 표현해낸 작품들을 보고는 생각이 달라졌다.

태연히 꽃을 먹기도 하고, 꺾어 화병에 꽂았다 시들면 쓰레기통에 내다버리기도 하면서, 말린꽃으로 작품을 만드는 건 무에 나쁘냐 말이다. 물감으로 그려놓은 풍경은 작품이고, 꽃잎을 따붙여 만들어낸 풍경은 작품이 아니라는 주장의 근거는 또 어디 있나 싶어졌다. 나무는 자르고 말려 오만가지 작품을 다 만들어내면서 유독 꽃을 말린 것으로 작품을 만드는 것에는 거부감을 갖는 걸까?

"김미경 씨, 이제 좀 제대로 그려봐야 하지 않겠어요? 펜 말고 유화나 아크릴로요."

내게 이런 이야기를 하는 화가들이 종종 있다. 말하자면 유화나 아크릴로 그려야 제대로 된 그림이란 이야기다. '저 펜으로 제대로 그리고 있는데요' 하고 혼자 중얼거렸다. 처음엔 기가 죽었다. 펜화는 그림으로 쳐주지도 않는구나 싶었다. 그럼 유화로 그려볼까 싶어 비싼 물감을 잔뜩 쟁여놓고 이것저것 그려보기도 했다. 그런데 잘 그려지지도 않고 자꾸 펜으로 다시 그리고 있는 자신을 발견했다.

2017년 국립현대미술관 덕수궁관에서 열린 전시회 '신여성 도착하다'를 보다가 무릎을 쳤다. 전시회를 통해 일제강점기 일본 미술대학으로 유학 간 한국 여학생의 대다수가 회화과가 아니라 자수과로 갔다는 사실을 처음 알게 됐다. 미술대학에 자수과가 있었다는 사실도 함께. 여성이 천년 이상 계속해온 자수가 미술대학에 정규 학과로 들어갔다 슬그머니 사라졌다. 자수는 아

*

2012년 스마트폰으로 그린 서촌 그림들이다.

어떤 도구를 사용하든, 절실하게 표현해낸 그림들은 모두 소중하다.

〈서촌옥상도 0〉
2012년, 갤럭시 노트, 11.5×7㎝

〈인왕산에서 본 남산〉
2012년, 갤럭시 노트, 11.5×7㎝

트가 아니라는 생각을 오랫동안 해왔던 것도 이런 탓이리라.

유화가 펜화가 아트냐며 비웃고, 동양화가 자수는 아트가 아니라고 내치고, 펜화가 압화를 그림이냐고 비웃고, 서양화가 만화를 비웃고…. 서로서로 비웃는 걸 비웃었던 내가, 압화를 비웃었던 자신을 반성했다. 인간이 질실하게 추구한 것, 절절하게 갈망한 것을 어떤 재료로든 진지하게 표현한 것은 모두 아트다.

'낯선 아이'야 안녕!

《브루클린 오후 2시》(2010년, 마음산책), 《서촌 오후 4시》(2015년, 마음산책)에 이은 세 번째 책이다.

책을 마감할 때마다 느끼는 한 가지 묘한 감정이 있다. 최종 원고를 넘긴 후 원고가 편집자, 디자이너의 손을 거치는 단계가 되면, 기획 때부터 최소 2~3년 동안 만지작거렸던 글들이 '낯선 아이'처럼 느껴진다. 고통스런 기억들, 행복했던 기억들로 썼는데, 이때가 되면 그 기억들이 저만치 멀리 보인다. 고통스런 기억들은 언제 그랬냐는 듯 흔적도 없이 사라지는 치유의 경험도 여러 번 했다. 무엇인가에 흠뻑 빠져 흥분해 썼던 기록들이 창피하게 느껴지기도 한다.

이번에도 그랬다. 8월 말, 원고 수정을 끝내고 편집자와 함께 그동안 그린 3백여 장의 그림들 중 1백여 장의 그림까지 추리고 나자, 갑자기 그 글과 그림들이 낯설어지기 시작했다. 또 책 내용에 맞게 한두 장 그리고 말 생각이었던 춤 그림이 계속 그리고 싶어졌다. 새로운 빛깔의 그리움이 시작됐음을 감지했다. '글을 좀 고쳐볼까?' 고민하다 그대로 두기로 했다.

　어쨌든 이 '낯선 아이'는 지난 5년간 내 몸과 마음을 다 바쳐 쓰고 그린 것들이다. 나이는 많지만, '아주 어린 화가'가 하루하루 '진짜 화가'가 되어가는 과정을, 어설픈 그림들과 함께 엿볼 수 있다는 게 이 책을 보는 독자들의 가장 큰 재미일 듯싶다. 첫 전시회를 열기 전인 2015년 초에 출간한 《서촌 오후 4시》와 살짝살짝 겹치는 주제들도 있어 미안한 맘도 한편에 있지만, 고민이 깊이를 조금은 더 한 듯해 안심해본다.

　이 책이 새로운 삶을 꿈꾸는 독자들에게 포근하고 맛난 거름이라도 될 수 있었으면 좋겠다. 새로 시작된 내 그리움들이 새로운 글로, 그림으로 쑥쑥 자라 선보일 날을 기대해주길 바라면서….

그림 속에 너를 숨겨놓았다

ⓒ 김미경, 2018

초판 1쇄 인쇄 2018년 11월 10일
초판 3쇄 발행 2020년 1월 15일

지은이   김미경
펴낸이   이상훈
편집인   김수영
본부장   정진항
편집2팀   허유진 김진주 김경훈
마케팅   조재성 천용호 박신영 조은별 노유리
경영지원   정혜진 이송이

펴낸 곳   한겨레출판(주) www.hanibook.co.kr
등록   2006년 1월 4일 제313-2006-00003호
주소   서울시 마포구 창전로 70(신수동) 화수목빌딩 5층
전화   02-6383-1602~3 팩스 02-6383-1610
대표메일   happylife@hanibook.co.kr

ISBN 979-11-6040-205-6 03810